じい様が行く 1

『いのちだいじに』異世界ゆるり旅

ALPHA LIGHT

蛍石

Hotarvishi

アルファライト文庫

主な登場人物
イスリール
セイタロウを異世界に転生させた神様。人はいいがうっかり気味。
ルーチェ
五歳くらいに見える女の子。とある事情からセイタロウに預けられることになる。
セイタロウ
日本で茶園を経営していたじい様。年の功と神様から貰った超スキルを引っさげ、異世界で旅に出る。

カルフェ
フォスの街の
商業ギルド職員。
専門分野では
中々の優秀さを
見せる。
アディエ
フォスの街の
商業ギルドマスター。
商売上手な才媛。
ジルク
フォスの街の
警備隊隊長。
割と肝が据わっている。
ゴルド
フォスの街の
冒険者ギルドマスター。
体格の割にかなりの
小心者。

《 1　呼ばれたじい様 》

「少年よ。この世界で勇者になってくれまいか？」

目の前の青年が妙なポーズを決めながら言った。

こちらを指差しながらも顔は天井に向けている為、分かっていないようだが……

良く見ずともここにいるのは老人ただ一人。

少年なんておらん。

「お主は誰じゃ？」

「へ？」

儂の問いに気の抜けた声が返ってくる。

ここでやっと青年はこちらを視認しおった。

「そしてここはどこじゃ？」

「えと……ボクの、部屋です」

今度の問いかけには答えてもらえたわい。

今いるのは真っ白い部屋。何にもないだだっ広い部屋。

そこで青年と二人、向かい合っておる。

「あれ？　お爺さんは誰ですか？　アサオタクミ君を呼んだはずなんですが」

「タクミは孫じゃが、お主は誰なんじゃ？」

困惑顔の青年に再度問いかける。

ここで何故孫の名前が出てくるのかも疑問だが、自分の知らない交友関係があっても不思議ではなかろう。

疑問は一つずつ解決していけば良い。

「ボクはイスリールって名前の神です」

「その神様が孫に何用じゃ？」

「そちらの世界で不慮の死を迎えたタクミ君をこちらの世界へ転生させようかと」

「タクミは死んどらんぞ」

孫を勝手に死んだことにするな。まったく失礼な。

夜中に物音がしたから目が覚めてしまい、見に行ったらタクミの部屋に見知らぬ男が入ろうとしとったんじゃ。

そこで「誰じゃ！」と言ったらこちらに刃物を見せおったわ。

タクミの「じいちゃん？」って声が聞こえ、男が部屋に入ろうとしたから、思わず飛び掛かったんじゃ。可愛い孫に何かあったらと思ったら身体が勝手に動いていたわい。揉み合いで刺されたのか、腹に激痛が走ってな。

そこで記憶は途切れとる。

「あれ？　強盗に刺されて亡くなっちゃう流れだったのに」

「強盗に刺されたのは儂じゃろう。この老いぼれがタクミの身代わりになったんじゃて。爺より先に孫が逝くなんてあっちゃならんから良かったわい」

死んだこと自体は残念だが孫を救えたなら本望じゃ。

「え？　ってことはボク、間違えてお爺さんをこっちに呼んじゃったの？」

「そうなんじゃろうな。儂がここにおるんじゃから」

「一度呼んじゃった魂は戻せないのにどうしよう……」

悩み出すイスリール。

戻れないのか。

孫の無事な顔が見られないのは残念じゃが仕方ない。

「のうイスリールさんや。儂が転生すれば問題は丸く収まるのかのぅ？」

「全てが丸くとまではいかないですけど、ある程度は」

「ならば転生しちゃるわい」

「いいんですか？」

「転生しないでこのままここにいるわけにもいかんじゃろ」

「いやまぁ確かに。うやむやにしてここにずっといさせるのも悪いですし」

それは単なる問題の先送りじゃろう。そんなの日本で嫌ってほど見とるわい。

「転生となると赤ん坊になるのか？　あと記憶はどうなるんじゃ？」

「お爺さんの記憶を残して赤ん坊から始めるよりは、ある程度大人のほうがいいんじゃないでしょうか」

記憶は残せるようじゃな。

「なら今よりもう少し若くしてくれんかい。爺の精神した青年じゃおかしいじゃろうからな」

「分かりました、そうしましょう」

目の前に2メートルくらいの光の円柱が現れる。

「肉体を再構築します。希望があればなんでも聞きますよ。こちらの全面的な非ですから」

空中に画面みたいなものを出して何かを入力するイスリール。

「言葉で苦労はしたくないのぅ」

「全言語習得させます。あと一般常識的な知識も入れときます。補助的な意味で鑑定能力も付けときましょう。なんでも簡単に調べることができますよ」

「すぐ死ぬのも嫌じゃ」

「ステータスを天災級モンスター並みにします」

「痛いのは嫌じゃ」

「肉体、精神の攻撃耐性、異常耐性を付けます」

「魔法があるなら使いたいのぅ」

「全魔法系スキルを付けます」

「攻撃より回復やら補助がいいのぅ」

「ならばボクの加護(かご)も付けます。ボクは攻撃が苦手(にがて)なのでそちら方面に強いんですよ。一応攻撃も全属性の初級ならできますし。生活魔法も便利だから付けときます」

「あとはたくさん物を仕舞えるアイテムボックスみたいなものがあると嬉(うれ)しいんじゃが」

「アイテムボックスは時空間魔法で似たことができますよ。そちらの【無限収納(インベントリ)】のほうが使い勝手いいですし」

　ここまで一気に思いつくまま言ってみたんじゃが、全て通ってしまったわい。

　かなりのチートに仕上がってると思うんじゃがな。

「ところでお爺さん、妙に詳(くわ)しくないですか？」

「タクミと一緒にオンラインゲームやっとったからの。堅苦(かたくる)しい小説にも飽(あ)きてライトノベルも読んでたから、それでじゃな」

　純文学、ミステリ、時代、大河。どれも面白(おもしろ)いんじゃが飽きてしまっての。

　タクミに借りて読んでたのがこんなことに役立つとは思わんかったわい。

「あぁ、それでですか。あと何かありますか？　これだけは欲しいモノとか」

「あっちの世界にお茶はあるかのぅ？　それだけが心配じゃ」

「お茶はありますが日本のモノのほうが断然美味しいですね。じゃあ特殊スキルで〈朝尾茶園〉付けましょう。これで好きな時に買えますよ」

「朝尾茶園って儂んとこの店じゃが」

「はい。お爺さんのトコに繋げて買い物できるようにします」

　自分ちのお茶が飲めるとは嬉しいことじゃ。

「あといろいろ困るでしょうから【無限収納】に当面のお金と便利そうなアイテム入れときますね」

「ありがたいのぅ」

　至れり尽くせりじゃな。

「他に聞きたいことありませんか？　精神と肉体の癒着に時間かかりますから、しばらくお会いできなくなりますよ」

「しばらく？」

「はい。神殿で祈ってもらえばお会いできますから」

　軽い神様じゃのぅ。そんな簡単に会っていいものなのか？

日本に限らず地球じゃひと騒ぎになる案件じゃぞ。

「最初に言ってた勇者云々はどうなのじゃ？」

「それは大丈夫です。他にも勇者候補はまだいますから。ただ、もし上手くいかなかったらお手伝いだけはお願いするかもですけど」

「手伝いくらいなら構わんぞい。ここまで我が侭聞いてもらったんじゃからな」

勇者になるのがこんな爺じゃいかんじゃろう。

ならなくていいならのんびり暮らそう。

「最後にお爺さんの名前を教えてください。ここまで聞くのを忘れてました」

「晴太郎、朝尾晴太郎じゃ」

「セイタロウさん。ではボクの世界フィロソフでまたお会いしましょう」

イスリールの笑顔を最後に、儂の意識は闇に落ちていった。

《　2　森で生きている　》

目が覚めるとそこは土の上じゃった。

……地面に直で寝ていたようじゃ。

とりあえず毛布に包まってはいたが。

「地面にそのまま横になるのは久しぶりじゃな」

茶畑での作業の合間に横になることはあっても、そこはゴザなどを敷いた上でのこと。公園などの芝生に寝転ぶのはタクミが小さい時にはあったが、地面そのままとなると若い頃のヤンチャ以来になるか。

よくよく周りを見渡してみると、ここは洞穴のようで入り口からは光が差し込んでおった。

「とりあえず外に出てみるかのぅ」

スッと立ち上がり、そのまま外へと向かうが、特に痛みも出ないので、寝ていたのもそう長くはなかったのかもしれんな。

外へ出る時、何かの膜を抜けたような感覚に襲われた。

「何じゃ？　何かあったのか？」

また中に戻ると、再び同じような感覚がある。

「よく分からんからひとまず放置じゃ」

もう一度外へ出て周りを見渡せば、そこは木々が生い茂る森じゃった。

・・・

月が二つ見えたので夜なんじゃろな。

「月が二つとはこれまた面白いのぅ。やはり異世界というヤツなんじゃな」

二つの月に驚きはするが、違和感はない。

その辺りが知識が刷り込まれている証拠なのかもしれんな。

洞穴を振り返ってみると、そこは小さな祠のようじゃった。

「あの神様を祀る祠なんじゃろうな」

いきなり儂を街へ出現させるわけにもいかん。しかし平原や広野、森の中にそのまま寝かせるわけにもいかん。

苦肉の策で、自分の祠に寝かせておく。そんなとこじゃろ。

「ならあの膜は魔法なんじゃろな。バリアとか結界とかその辺りかの」

顎に手を当て、少し考えていると……

グルルルルルッ。

何かの唸り声が聞こえると同時に、背後の木がメキメキ音を立てて倒れていく。

「何じゃ？　いきなり魔物か？　準備くらいさせてくれんかのぅ」

愚痴ったところで状況が変わるわけもなく、木が倒れた場所には赤毛の熊がいた。

「レッドベアが最初の敵とは、なんともまぁおかしな話じゃわい」

イスリールにもらった知識によると、レッドベアは初心者殺しとも言われる獰猛な熊。

魔物の危険度ランクCに分類されており、中位ランク冒険者までは複数人で狩るのが前提な魔物だそうじゃ。

「見逃してくれるわけもあるまいて、なんとか倒してみるかのぅ」

こちらを獲物として認識している以上、逃げの一手では難しい。

確認もなしのぶっつけ本番だが、やるしかないじゃろう。

「《束縛》」

レッドベアの手足に無数の蔦が絡まる。

それでもなんとか抜けようともがき、こちらへ向かおうとする。

「《氷針》」

小手調べの初級魔法を唱え、放ってみる。森の中でいきなり火はいかんじゃろう。

長さ30センチほどのつららが十数本レッドベアに飛んでいく。全弾命中するとレッドベアは苦しそうに悶えながら倒れる。

上半身につららが刺さったまま動かないレッドベア。

「ぬ？　終わりか？」

そっと近付き確認すると、息絶えていた。

レッドベアの死体を【無限収納】に回収して周囲を見回す。

特にこちらに向かってくる気配はなし。

「祠の中でとりあえず自分のステータスチェックをせんとな」

祠に戻りながら儂はそう独りごちていた。

《 3　できること、できないこと 》

「ステータス、スキルの確認をせんとダメじゃな。あと持ち物は何があるんじゃろか」

祠の中に戻ってまずは確認作業から。

「オープン」

声に出すと、システム画面のような半透明（はんとうめい）の青いパネルが目の前に現れる。

「まるでゲームじゃな」

ステータスは天災級モンスター並みとか言っとったし、これで高いんじゃろうな。

ＨＰ（ヒットポイント）、ＭＰ（マジックポイント）、知力に素早さも、数値が全部1万超えとるしのぅ。


あとはスキルのほうかの。

【名　前】アサオ・セイタロウ（朝尾晴太郎）
【種　族】たぶん人族
【年　齢】63
【レベル】9
【スキル】属性魔法Lv.50　無属性魔法Lv.100　時空間魔法Lv.100　生活魔法Lv.100

各種異常耐性 Lv. 100　各種攻撃耐性 Lv. 100　無詠唱（むえいしょう） Lv. 100
鑑定 Lv. 80　解体 Lv. 50　農業 Lv. 73　料理 Lv. 23　杖術 Lv. 50
【特　殊】朝尾茶園
【加　護】主神イスリール（極大）
【称　号】界渡り　人間離（ばな）れ　主神の恩寵（おんちょう）

種族が「たぶん」ってなんじゃ？　たぶんって。

年齢は、おぉ、10歳も若返っとる。

レベルは……さっきレッドベア狩ったから上がったのかのぅ。

スキルも言ったものは全部ついとるな。農業と料理は日本でやってたから付いてるんじゃろうか？

スキルはレベル10で一般的、30で職人、50でベテラン職人、80で超一流、100で最高じゃな。

〈朝尾茶園〉はお茶が買えると言ってたのぅ。

ゲームだと加護は神様からの恩恵って扱（あつか）いだったんじゃが……

ん？　イスリールは主神じゃったのか。じゃあ一番偉（えら）いんじゃな。

その割には単純な間違いしとったしのぅ。うっかり神（しん）なのかもしれんな。

称号は何の効果があるか分からんな。まぁどれもなんで付いたかなんとなく分かるから大丈夫じゃろ。

　さて魔法の確認じゃ。

《属性魔法》は風火地水に光闇の六種じゃな。

どれも使えるのは初期の魔法だけじゃが、さっきの威力を見たらそれで十分じゃろ。

《無属性魔法》に回復、補助、支援が含まれておると。

この祠の結界のように効果絶大なんじゃろうな。レッドベアみたいな魔物がいるのに入ってこないのが、突破できないほどの防御力の証じゃ。

回復系に蘇生魔法まではないんじゃな……それでも部位欠損まではなんとかなりそうじゃ。

補助、支援系はどうじゃ？

バフ、デバフ共にいいものが揃っておるのぅ。相手に使われたら嫌なモノばかりじゃな。

まぁそういったモノで立ち回るのは面白いからの。楽しみじゃ。

《生活魔法》は便利そうじゃな。照明、火付け、掃除、洗濯、乾燥などの細々としたことができるとは。

あと地味ながらも《無詠唱》のスキルがあるのはありがたいことじゃ。

魔法は格好いいんじゃが、呪文を口に出すのは恥(は)ずかしいからのぅ。イスリール、ぐっじょぶじゃ。

魔法の名前も言わないで良さそうなんじゃが、完全に無言ってのも味気(あじけ)ないしのぅ。なんの魔法を使うか言うくらいなら恥ずかしくないからいいじゃろ。

これなら無理に戦わなくてもなんとかなりそうじゃ。

足止め、拘束(こうそく)して逃げてもいいし、状態異常にして逃げるのもありじゃな。それでも向かってくるなら攻撃すれば問題ないじゃろ。

正当防衛じゃよ、正当防衛。

さて残るは【無限収納(インベントリ)】の中身の確認じゃな。

ほう、ステータスと同じようにパネルで一覧(いちらん)表示されるのか。ソート機能まであるとは便利じゃ。

イスリール、ここもぐっじょぶじゃ。

食料、装備(そうび)、テントなどの野営道具、調理用具一式、お金８００万リル……は、はっぴゃくまん!?

イスリールさんや、多すぎんか？　まぁケチる神様よりかはいいんじゃろうが、ずいぶん大きな額じゃのぅ。ひと月いくらで生活できるか分からんにせよ、１リル１円としても最初に持つ額じゃないと思うんじゃよ。

それとも物価が高いのかの？　その辺りは街に行ってから要確認じゃな。


最後は装備じゃ。

と言いつつも【無限収納（インベントリ）】から出したのは急須（きゅうす）とお茶。

生活魔法《浄水（ウォータ）》で水を出して急須に入れ、同じく生活魔法の《加熱（ヒート）》で急須ごと温める。

「一服してから装備品の確認じゃ」

ついでに茶請（ちゃう）けの煎餅（せんべい）を出して小腹を満たす。

「ふぅ～。日本人は緑茶じゃのぅ」

まったり。

のんびり。

「さて装備じゃ、装備」

濃緑色（のうりょくしょく）のローブ、葉っぱが一枚付いている枝、茶色のエンジニアブーツ、ペンダント、指輪、黒色のとんがり帽子、カーキ色の肩下げ鞄（かばん）。

これで一式かの？　しかし枝？　杖じゃないのかの？

枝を手に《鑑定（エヴァルア）》と念じると、枝の鑑定結果が表示される。

それと同時に枝は枝に形を変えた。

【名　前】世界樹の杖
【効　果】破壊不可。魔法の威力が上がる。名前、ステータス、効果の全てを隠蔽。ただの木の枝に見せる。
使用者固定：アサオ・セイタロウ。

ん？

世界樹？

それって貴重なんじゃ……イスリールさんや、やりすぎじゃないかの？

ローブ、ブーツ、ペンダント、指輪、帽子、鞄も気になり鑑定すると、どれも破壊不可、使用者固定で高品質の一級品。もれなく隠蔽効果付き。鞄はアイテムボックスになっておって、【無限収納】と同じくたくさん仕舞える上、この中では時間が経過しないという優れものじゃや。

気前よすぎるじゃろイスリール。

【無限収納】があるのにアイテムボックス？　と思ったが、そこは希少性の差を誤魔化す為じゃな。

【無限収納(インベントリ)】持ちは数百万人に一人。対してアイテムボックスはかなり高価ながらそれなりに出回ってるらしいからのぅ。

貰(もら)えるもんは貰うし、使えるもんは使う。

これは街へ着いたら神殿で祈るべきじゃな。

でもまず今声に出しておこう。

「イスリール、ありがとう。大切に使わせてもらうからの」

ステータスと装備の確認はこれで終わりかの。

近接戦闘はしないほうがいいじゃろな。ステータス的に問題なくてもしたくないわい。

「素直に足止め、拘束からの逃げを基本に『いのちだいじに』じゃな」

さて方針も決めたことじゃし、街に向かうとするかの。

地図は【無限収納(インベントリ)】に入ってなかったし、何かないものかのぅ。

そこで出しっぱなしだったステータス画面が目に留(と)まる。その端(はし)にマップ機能のタブを見つけた。現在地と周囲の地図が表示され、拡大縮小も出来る便利仕様(しよう)じゃった。

イスリール、またしてもぐっじょぶじゃ。

今いるのがこの森のこの祠で……ほほぅ、ここはジャミの森と言うんじゃな。

一番近くの街だと……南東にあるスールの街かのぅ。距離(きょり)は分からんが目見当(めけんとう)だとここじゃな。

よし目的地も決まったんじゃ。明日はスールの街に向かおう。

今夜はこの祠で過ごせば安全なはずじゃ。

ならあとすることは食事と睡眠じゃな。

【無限収納】からすぐつまめるものをみつくろう。

夜更けまでのんびりまったり一服タイムは続くのじゃった。

《 4 街へ行こう 》

祠で一夜を明かして翌朝。

茶畑と家庭菜園の手入れを日課にしていたおかげか、朝も早くから目が覚めるんじゃよ。

祠から表に出て大きく伸びを一つ。

夜露に濡れた森はしっとりしていた。日差しもしっかり届いているが、周囲には若干の朝もやが漂う。

その中で日課のラジオ体操第2をこなしていく。

ちゃんと覚えているでもなく、なんとなくあやふやな記憶の体操でも、毎朝の日課はこなさないと気分が優れないのじゃ。

「朝から森の中で体操とは気分がいいのぅ」

ひと通りの運動を済ませて朝食。【無限収納】からおにぎり、漬物、急須、お茶を出す。

「すぐに食べられるものが入ってるのは便利じゃな」

異世界に来てまだ二日目。【無限収納(インベントリ)】からはお茶に煎餅、おにぎりに漬物まで出てくる始末。まだ不自由さは感じておらん。

「とりあえず南東のスールの街へ向かうかの」

【無限収納(インベントリ)】に毛布や急須を仕舞い、身支度(みじたく)完了。

祠に忘れ物がないのを確認し、イスリールに礼を言って出発。祠を一晩の宿代わりに間借りしたしのぅ。

森の中は木々が生い茂っておった。

マップを確認しながらのんびり歩き、時たま出てくる魔物には足止めをかけつつ逃げる。

足止めが効かなかった魔物は慌(あわ)てずに各種初級魔法で退治。

「ほぼ一撃で退治できるのはステータスのおかげなんじゃろうな」

退治した魔物を【無限収納(インベントリ)】に仕舞い、また歩き出す。

疲れたら周囲に《結界(バリア)》を張り一服。トイレ、食事、睡眠時にも《結界(バリア)》は大活躍じゃ。

あとトイレは土属性初級魔法が《穴掘(ディグ)》だったんで助かっとる。これは戦闘時の落とし穴にも使える優秀(ゆうしゅう)な魔法じゃ。

《穴掘(ディグ)》で作った穴に用を足(た)し、《清浄(クリーン)》で綺麗(きれい)にして、穴を埋(う)める。

《浄水》で尻を洗うのも試したが問題なくできた。

日の出に起きて歩き出し、夕方になると大きな樹の下や岩陰、洞穴に入って《結界》を張り、その中で睡眠。

一日あたり数匹の魔物を狩り、歩き続けること五日目の昼前。

ようやく森を抜けて街道らしきものに出る。

そこから数時間歩くとスールの街が見えてきた。

「この五日間、風呂に入れなかったのが地味ながら苦痛じゃった」

風呂の代わりに《清浄》を自分にかけて、絞ったタオルで身体で拭いていたので身綺麗なんじゃが、温水を浴びて湯船に浸かることができないのがこんなにももどかしいとはの。

この辺りは日本人のままなんじゃな。


スールの街は周囲を高い壁に囲まれた街じゃった。

入り口である門は開いていたが、傍らに門番二人が立っておった。

「爺さん、観光かい？　身分証の提示をお願いしていいか？」

「田舎から物見遊山でいろいろ巡ろうと出てきたんじゃ。身分証がないんじゃが、どうすればいいんじゃ？」

「身分証もない田舎からかい。そりゃまた珍しいな。なら仮の身分証を作るから一緒に来てくれるか？」

「お願いするのじゃ」

門番に連れられていった先は小さな小屋じゃった。

中に入ると、手のひら大のガラス玉のようなものを目の前に差し出される。

「これを持ってくれ」

言われた通り持つが何の変化も起こらない。

「犯罪歴はなしと」

ガラス玉に変化があると取り調べになるそうな。その時は、仮身分証も発行されずそのまま御用になる流れらしい。

一種の魔道具なんじゃと。しかもガラスでなく水晶だそうじゃ。魔力を中央のネットワークに登録されて一括管理されてるらしく、大きな街だと五歳くらいの子供から登録するんだそうな。

「通行料と仮身分証の発行代で２０００リルだ」

「じゃあこれでお願いするのじゃ」

肩から提げている鞄から銀貨二枚を出して払う。

「爺さん、仮身分証をなくさないでくれよ。再発行するにもまた金がかかるからな」

この世界のお金の単位は、十進法でケタが上がり、硬貨が変わる。

一番下が石貨の1リル。そこから鉄貨、銅貨、銀貨、金貨、大金貨、白金貨と上がっていく。一番上の白金貨一枚で１００万リルなんじゃと。そんな硬貨使う機会あるのかのぅ？

「正式な身分証はどこで発行できるのじゃ？」

「市民じゃないから、冒険者ギルドか商業ギルドに登録すればもらえるだろうな」

「そこに行って登録してみようかの」

「正式登録が済んだら仮身分証はここに返しに来てくれ」

「分かった。いろいろ助かったわい」

礼を言い小屋をあとにする。

ついでと言ってはなんだが、風呂のある宿屋を聞いたら、ないと言われた。水桶で済ますのが普通らしい。《清浄》があるので風呂に入るのは贅沢なんだそうじゃ。

とりあえずオススメの宿屋を聞いたのでそこに泊まろうかの。

その宿屋は大通りから一本路地を入った所にあった。

宿に入るとおばちゃんが出迎えてくれた。儂よりかなり若そうじゃ。

「泊まりたいのじゃが部屋は空いとるかのぅ？」

「一泊二食付きで５０００リル。食事なしなら４０００リルだよ」

「なら食事付きで一週間お願いするのじゃ」

「はいよ。お爺さん、前金だけど大丈夫かい？」

「大丈夫じゃ。これで合ってるかの？」

お代を払い水桶を追加で頼む。水桶一杯で100リルじゃった。

夕食までまだ時間があるらしいから、とりあえず身綺麗にして一服じゃ。

そのあと神殿と買い物じゃな。

神殿に来ると、中には石像が数体立っていた。

正面の石像の顔立ちがどことなくイスリールに似てる気がするの。

その前に立ち、目を瞑る。すると周囲の音がだんだんと消えていく。不思議に思い目を開けると、そこはイスリールのいた部屋じゃった。

「こんにちは、セイタロウさん。無事で何よりです」

イスリールは爽やかな笑顔を見せていた。

「イスリール、いろいろありがとうのぅ。いや、イスリール様かの？　主神様じゃし」

「今まで通りで構いませんよ。主神と告げなかったのはわざとですから」

悪戯っぽくそう告げると苦笑された。

「しかしイスリールや、少しやり過ぎでないかの？　お金にしろ装備にしろ、十分過ぎるわい。ただでさえステータスやスキルでかなりの無理を言ったはずじゃのに」

「いえいえ、それこそお詫びでしかないですから」

「ならいいんじゃがのぅ。イスリールに迷惑かけてたらすまんからのぅ」

好き放題言い過ぎたと、ステータスの確認をした時に思ったのじゃよ。

「セイタロウさんならステータスもスキルも、もちろん装備だって悪用しないと思ってますから」

そんな笑顔で信頼の言葉をかけられたら裏切れんじゃろ。

「まぁのんびり過ごすだけじゃから大丈夫じゃろて」

「はい、のんびりしてください。何か困りごとがあったらまた神殿に来てください。できるだけ力になりますから。あ、困りごとなどなくても祈ってもらって平気ですからね」

爽やか笑顔のイスリール。話し相手が欲しいじい様でもあるまいに。

「困りごとが起こらないように気を付けるのじゃ」

そう告げると周囲の音が戻ってきた。

また暇な時にでも来てやるかの。

神殿で用を済ませ、残るは買い物。欲しいモノは日用品、下着などの衣類。あとはすぐつまめる食料をいくらか。料理はできるが、自分の分だけじゃと面倒じゃからの。食材より出来あい物じゃ。

ひと通りの買い物を終えて宿屋に戻る。

部屋で自分に《清浄(クリーン)》をかけていると、夕飯だと声をかけられた。

そこで分かったのじゃ。この世界がパン食文化だということが。

パン嫌いじゃないが、パンだけとなると寂(さみ)しいのぅ。

しかもどれ食べても塩味じゃ。肉も野菜もスープもどれもが塩味なんじゃ。

不味(まず)くはないんじゃ。

美味(うま)いんじゃ。美味(うま)いんじゃが全部同じ味とはのぅ。

イスリールに貰った調味料使って自炊(じすい)も考えないとダメじゃなこれ。

その後は部屋へ戻り、調味料の種類、残量などを確認し、明日の予定を考えてからベッドに入った。

《5　街中探索(たんさく)》

一夜明けた今日はいろいろ買い物と市場調査(しじょうちょうさ)じゃ。イスリールに貰った金は、沢山(たくさん)あるとはいえ有限じゃからな。冒険者になるか、売れるモノを扱うかして稼(かせ)がねばならん。

ただ、冒険者だと「じじいはひっこんでろ」ってテンプレがありそうな気がするんじゃよ。

それなら商人になったほうがいいのかもと思っての。売るモノの目星は付けとるんじゃ。

お茶じゃ。

イスリールの話だと、お茶はあるが日本より美味しくないらしいしの。じゃから儂のスキル〈朝尾茶園〉で買ったお茶を売ろうかと思うてのぅ。

うちでは緑茶だけでなく紅茶も作ってたからの。

ついでに売り物としてはコーヒー豆、海苔、白米もじゃな。あと茶器もいくつかあったからそれも売れるかもしれんしのぅ。

相場が分からんからその辺りを調べんとどうしようもないのじゃ。全く売れないとか、安すぎるようならまた別を考えるだけじゃな。

市場をぶらぶらしながらいろいろ見て回る。

食器、野菜、肉、ハーブ類、パン、保存食など必要と思われるものは買いじゃ。

【無限収納】があると腐る心配がないのはホントありがたいのぅ。

軽食を出す店があったので一服。

コーヒー、紅茶はあったが緑茶はなかった。

それぞれ一杯でコーヒー２８００リル、紅茶３５００リルとかなり高めな値段設定。

高い割にどちらも香り、味共に薄かったわい。豆も茶葉もケチっとるんじゃないか？

店員に聞いたら商業ギルドが一括管理していると教えてくれ、次の目的地が決定。

商業ギルドはスールの街の中心部にあった。

原価率と一杯辺りの使用量をざっくりと多めに設定しても、それぞれ１００グラム10万リルはかたいはずじゃ。足元見られたら売らなくても構わん。

とりあえずはギルドへの登録からじゃな。


商業ギルドは小さめな役場のような外観をしておった。

……商工会議所みたいなもんかのぅ。

「ギルドに登録したいんじゃが儂でもできるんかのぅ？」

中に入り受付に声をかけると、若い嬢ちゃんが答えてくれたわい。

「商業ギルドへようこそ。どなたでも登録は可能ですが、どのような商売をなさるかで登録料、説明などが変わります。どのような形態になりますか？」

「物見遊山しながらの移動販売じゃな」

「移動販売でしたら年間登録料5万リルになります。こちらの水晶に手を当てて魔力を流していただけますか？」

受付カウンターの脇にある水晶に触れて軽く魔力を流すと、淡い光が放たれる。

それが収まると水晶から欠片が落ち、それがカードの形を成していく。

「ほほう、面白いのぅ」

「初めて見る方は大抵驚かれますよ」

「これも魔道具の一種なんじゃろうか？」

「ええそうです。詳しいことは秘密ですが」

唇に人差し指を当てウィンクする嬢ちゃん。

茶目っ気があるのぅ。

「説明の前にカードに血を一滴お願いします。それで所有者登録となりますので」

カードと針を渡されたので、言われた通り血を一滴垂らす。

カードが淡い光を放ち、それが収まると名前が記されていた。

【名　前】アサオ・セイタロウ
【形　態】移動販売
【ランク】F

「移動販売の方に限らず最初はランクFからになります。年間売上に基づいて税金が課せられるのですが、店舗を持たない方は一律年税5万リルとなっています。違法行為をして捕縛された場合はカードに記録されます。逮捕、訴追、受刑となりますとギルド員資格をはく奪され、以後二度と登録できなくなります。これは全ギルド共通の規約です。なので受刑までいくようなことはしないでくださいね」

「分かったのじゃ。平和、平穏でいけばいいんじゃな」

「ギルドに主となる販売品目を登録しておくと、他のギルド員や各地のギルドとの売買に便利です。アサオさんは何を販売されますか？」

「食料品になるのかのぅ」

「では登録しますね。この情報は犯罪記録などと一緒に一括管理されます。ここまでで何か質問はありますか？」

「大丈夫じゃ」

「なら説明は以上です。商売頑張りましょうね」

小さくガッツポーズの嬢ちゃん。

かわいいのぅ。

「あぁそうじゃ。ちと知りたいんじゃが、茶葉はいくらぐらいするんじゃ？　店で飲んだ時に高いと思ったんじゃが」

「品質にもよりますが100ランカで15万リルくらいですね」

「高いのぅ。やはり贅沢品じゃな」

ふむ。イスリールから得た知識で単位の違いも苦労せんな。地球の1グラムがこっちだと1ランカじゃな。

「はい、贅沢品です。ただ貴族の方々への販売が主ですので商いとしては何ら問題はありません」

「ほうほう。いろいろ助かったのじゃ」

登録料と税金を一括で払ってギルドを出る。

ふむ。やはりかなりの儲けを見込めそうじゃな。

明日辺り試飲用に小分けしたものを持ち込んでみようかの。それを試しに売ってから今後を決めても問題ないじゃろ。

売るにしても店で一切見なかったアルミ袋のままは無理じゃろうから、何か容れ物を見つけないとならんのぅ。茶筒みたいなものがあると嬉しいんじゃが。木筒、袋、蓋付き小鉢、陶器辺りが妥当じゃな。見つけたらいろいろ買っておけばいいじゃろ。

市場をぶらぶらしながら木筒などを探し、気になった物を適当に買う。

木筒や麻袋などが無事に手に入ったのは幸いじゃったな。

傍から見れば観光に来たオノボリじい様の散財くらいにしか見えんじゃろうな。

市場調査を兼ねた買い物もしたし、ギルドの登録もした。

今日はもう宿屋に戻ってのんびりじゃ。

《6 試飲からのひと悶着》

翌日。

朝食後にギルドへ売る物の選別じゃ。

食後の一服に緑茶を淹れ、〈朝尾茶園〉の画面を開く。

スキルの使い方も刷り込まれとるから迷わなくて良いのぅ。

まずは自分で飲む為の緑茶、ほうじ茶を各200グラム×一袋を確保じゃな。

茶園オリジナル紅茶100グラム×一〇一袋を購入。売り物一〇〇袋に試飲用一袋じゃ。決して高級品ではないが、自家栽培茶葉を自家製造しとるから、少しだけ市販品より割高なんじゃ。

豆もこだわりの逸品じゃから、ちょいお高めになっとる。対してインスタントコーヒーは市販品なもんで、量販店より少し高いくらいじゃ。

焙煎コーヒー豆500グラム×二〇袋、インスタントコーヒー200グラム入×五〇袋も購入。

ティーカップセット、ティーポット、コーヒーカップを数セット。

コーヒーのドリップセットに、念の為のコーヒーミルも一台買っておくかの。もしかしたら碌なモノがないかもしれんしの。

電動コーヒーメーカーが使えないのは面倒じゃな。今度イスリールに頼んでみようかの。購入した物が【無限収納】に直送されるのは手間いらずでありがたいのぅ。まぁここからの小分け、詰め替えが手間になるんじゃがな。

……おぉ、できる。こりゃラクチンじゃ。【無限収納】の中にどっちも入ってるんじゃから画面操作でできないもんかのぅ。

紅茶を蓋付きの木筒に移して一〇〇本完成。試飲用の分は間違えないように茶園の茶筒にしてと。

コーヒー豆は麻袋に入れ換えて、インスタントコーヒーは陶器にしとくかの。

「これで準備万端じゃろ」

……一服しながら一息つけば、ふと疑問が湧いてきたんじゃが。

これだけ買うと茶園の在庫はどうなるんじゃろ？　毎年かなりの量を作っていたが、品切れになったりせんのかのぅ？

今度イスリールに聞かんとダメじゃな。

商業ギルドに着いたのは昼過ぎ。昨日と同じ受付の嬢ちゃんがいた。

「紅茶を売りたいんじゃがどうすればいいかの？」

「紅茶ですか？　少々お待ちください」

声をかけると、嬢ちゃんは受付の裏へ姿を消し、少しすると初老の男性と一緒に戻ってきた。

「紅茶買付担当のビルと申します。いかほどの量を売っていただけるのでしょうか？」

下手に出つつも値踏みするかのような不躾な視線のままのビル。

「1万ランカあるんじゃが」

「1万ランカもですか！」

こちらでは高級品な紅茶を、爺がいきなりこれだけ大量に持ち込めば驚くのも無理はないのかのぅ。驚くほどの量でもないと思うのは、日本を基準にしてるからじゃろうな。

「別室でお話を伺いたいので、一緒に来てもらえますか？　その量の査定となりますと立会人も必要ですので」

「構わんぞい。大金が動くことになるじゃろうからな」

ビルは先に話を通してくるとのことで、案内は嬢ちゃんがしてくれた。

「アサオさん、昨日茶葉の値段を聞いていたのはこの為だったんですね」

「そうじゃ。いきなりその場で出して買い叩かれても困るからのぅ」

「相場が分からなかったから仕方ないですけど、それでも登録翌日に紅茶を1万ランカも持ち込むだなんて思いもしませんよ」

嬢ちゃんと会話しながら少し歩くと、ある部屋の前で止まる。

その部屋はギルドマスターの待つ応接室じゃった。

扉を開けると長髪の男性が両手を広げて待っていた。

「当商業ギルドマスターのネイサンです。紅茶を売っていただけるとか。まず品質の確認をしてもよろしいですかな？」

「初めまして。昨日登録したてのアサオじゃ。茶葉の品質ならこれで確認を頼むかの」

鞄から茶筒を取り出してテーブルに置く。

見やすいように茶筒の蓋にいくらか出してネイサンに見せる。

「この容れ物も珍しいですね。いや、今はそれより品質確認です。失礼します」

手触り、香りを確認するネイサン。目つきが商人のモノに変わる。

「試飲するのが一番早かろう」

ティーポット、ティーセット、お湯も取り出し、紅茶を淹れて三人に差し出す。

「色、香りともに素晴らしい。今までのものとは別格だ」

「この器も綺麗です。こんな綺麗な白の器なんて初めて見ました」

「私は紅茶自体そんなに飲んだことありません。恥ずかしながら」

思い思いの感想を述べるネイサン、ビル、嬢ちゃん。

好感触じゃな。

「で、いくらじゃ？」

あまり時間をかけても仕方ないので単刀直入じゃ。これで即答できないなら他に行こう。

「100ランカ12万リルでいかがでしょう？」

「相場は100ランカ15万リルじゃないのかの？」

「それは以前の相場です。今はもっと下がってますのでこの値段になります」

「ふむ。帰るのじゃ」

全てを鞄に収納して席を立つ。

「ま、待ってください。安すぎでしたか」

「当たり前じゃ。自分たちの指、鼻、舌で最高品質と納得したんじゃろ？　それなのにそんな値段では、売る必要がないじゃろう。他に行くだけじゃ」

目先の儲けに釣られて欲をかきすぎじゃ。

「儂としてはこのギルドに登録したから売ろうかと思っただけじゃ。別にここで売らねばならん理由は全くないからのう」

当面の資金もまだまだあるからこれは事実じゃ。侮られてまで売る必要は全くないんじゃよ。

「分かりました。この品質のモノを仕入れない馬鹿はいません。100ランカ20万リルでいかがですか？」

「それは真っ当な相場じゃな」

「ではそれで」

ネイサンが言い終わる前に言葉を付け足していく。

「ただ軽く馬鹿にされたからのぅ。誠意くらいは見せてほしいんじゃよ。ダメかのぅ？」

目を見開き、思わずビルを見るネイサンじゃが、彼は味方であっても若干立場が違う。

良い品を仕入れることが一番大事な紅茶担当者。そんな者が目の前にある最高品質の仕入れの機会を逸するはずもない。力強く頷かれると、ネイサンはこう言うしかなかった。

「……１００ランカ23万リルでお願いします」

苦虫を噛み潰したかのような渋い表情で、声を絞り出してネイサンは小さく答える。

その値段で仕入れても全く問題ないくらいの利益は出るじゃろ。

「それで手を打とうかの。ここに全部出せばいいのかの？」

「ビル、量ってください。私はアサオさんとまだ商談がありますので」

木筒１００本を鞄から出してテーブルに並べる。

ビルは部屋から一度出て、量りを持ってまた戻ってきた。儂から見える所で計量をするようじゃな。

「で、商談の残りとは何じゃ？」

「この茶葉の仕入れはどちらからなんで」

「教えるわけないじゃろ」

ネイサンの言葉を遮りぴしゃりと言い放つ。

「紅茶の買い取りだけでおしまいじゃ」

「だけ、ということは他にも何かあるんでしょうか?」

こんな目先の利益しか見えないヤツがなんで長なんてやっとるんじゃろか。

「あるぞ。じゃが売らん。諦めることじゃな」

コーヒーはどこか別の街で売ることにするかの。紅茶だけで十分な利益になっとるからのぅ。こんな所からはさっさとオサラバするのじゃ。

量り終えたビルが項垂れているネイサンに結果を告げる。

「紅茶1万ランカ、確かにあります。買付金額は２３００万リルになります。よろしいでしょうか」

「間違いないのぅ」

「では代金を持ってきますので少々お待ちください」

ネイサンが部屋を出ていき、残るはビルと嬢ちゃん。

「あんなのがなんで長なんてできとるんじゃ？　目先の利益しか見えとらん小物に思えるのじゃが」

「その目先の利益にものすごく鼻が利くんです。ですからギルドマスターをしてるんです」

「マスターを小物って……」

ビルは苦笑いしながらも、なんとかネイサンを庇おうと声を出す。かたや嬢ちゃんは二の句が継げない状態じゃった。

「そうか。大局を見誤らんようにせんと大変じゃな」

それだけ告げると全員黙ることになった。

しばらくするとネイサンが笑顔で戻ってくる。

「お待たせしました。こちら代金になります。またお越しの際はお願いします」

まだ何か金になるネタがあると分かったから下手に出とるんじゃろな。

やはり小物じゃな。ここに来ることはもうないじゃろ。

「また機会があったらお願いするのじゃ」

代金を受け取って鞄に仕舞い、部屋をあとにする。

今日はもう疲れた。肉体的には問題ないが精神的にへろへろじゃ。宿で一服しながらのんびりするしかないじゃろ。

あー明日からは何するかのぅ。冒険者ギルドに顔を出してみるかの。いや、その前に仮身分証を返しに行かんとダメじゃな。

よし、明日はそれからやることにしよう。

《 7　冒険者ギルドに行こう 》

翌朝一番で門番さんの所へ行き、仮身分証を返却。そこでまた門番さんと少し世間話をした。

どうやら儂が初めにいたジャミの森は、高ランク冒険者向けの場所になっとるそうじゃ。というか一般市民や低ランク冒険者は、立ち入ることすら禁止されとるほど危険らしい。スールへの道中、脇を通ったことにして話したら驚かれたんじゃ。すぐ傍を通るのも危ないそうでな。そこを一人で通り抜けてきたんだから驚かれもするかの。

ただ、あそこの戦利品という名の魔物の死体はどうすればいいんじゃろか……と思っとったら門番さんが教えてくれたんじゃ。

魔物は素材や食材になるので、冒険者ギルドで買い取りをしてくれると。登録しないでも買い取りしてくれるならいいんじゃが、どうするかのぅ。

悩んだところでしょうがない。冒険者ギルドに行くしかないじゃろ。

ただ朝一番は混雑するから避けたほうが賢いそうじゃ。門番さんとの世間話で時間を潰せたから、今から行く分には空いてるじゃろ。

南門のすぐ近くにある石造りの二階建てが冒険者ギルドじゃった。

世間話をした門番さんがいるのは西門。大抵の街は南門近くに冒険者ギルドを置くそうじゃ。南門が正門で『顔』になるんじゃと。

討伐した魔物の死体運搬や採取の納品などで荷車を使うことがままあり、街中だと邪魔になるからのぅ。

ギルド内は職員以外ほとんど人がおらんかった。受付に顔を出すと女性が一人来てくれた。

「討伐した魔物を売りたいんじゃが、登録せんとダメなのかのぅ？」

「売却だけでしたら登録は必要ありません。ただ魔物の討伐報酬が出ませんので登録をオススメしております」

「商業ギルドに登録済みなんじゃが、こちらにも登録できるかの？」

「問題なくできます。カードを更新し、冒険者登録するだけなので簡単に終わりますよ」

カード一枚で情報を一括管理とは便利じゃな。

「規約なんかがあるなら教えてくれんかの？　それから登録するか決めてもいいんじゃろ？」

「はい構いません。では規約を説明させていただきますね」

不都合や不利益があるなら登録する必要がないからのぅ。結論を急ぎ過ぎても碌なことがありゃせん。

「規約は商業ギルドと大きく変わりません。ただ冒険者の私闘はご法度です。相手が一般市民であればもちろんですが冒険者同士でも同じです。依頼人との直接交渉は禁止されていませんが、トラブルが起こってもギルドは一切介入できません。なのでなるべく受けないことをオススメします。何か質問はありますか？」

「大丈夫じゃ」

「次に冒険者ランクと依頼ランクの説明です。どちらも最低がＦ、Ｅ、Ｄ、Ｃ、Ｂ、Ａときて最高がＳとなり、自分の冒険者ランクの一つ上のランクの依頼まで受注可能です。依頼失敗の場合違約金がかかりますので気を付けてください。連続で失敗するとランクダウンもあります。ランクアップは依頼の達成件数、成功率、評価により判断されます。ランクＣ以上は試験も課されますので頑張ってください」

「強制参加の依頼などはあるのかの？」

「あります。ギルド、国からの強制一括指名依頼などですね」

あぁやっぱりあるんか。なら登録は見送るべきじゃな。身分証は商業ギルドカードで十分じゃ。

「登録はやめておくかの」

「そうですか。では魔物の売却はどうなさいますか？」

「そっちはお願いするのじゃ。ここで出せばいいのかの？　ジャミの森の魔物なんじゃが」

「ジャ、ジャミの森ですか。しょ、少々お待ちください」

なんか嬢ちゃん慌ててたの。ジャミ産の魔物の持ち込みは少ないのかのぅ。

お、儂より若いおじさんが一緒に来たのぅ。

【無限収納】の中には、熊に猪、狼に兎に猿まで入っとるんじゃが……

「買い取り担当のビスと申します。ジャミ産の魔物をお持ちとのことですので、倉庫へ同行していただいてもよろしいでしょうか？」

「構わんぞい」

ビスに連れられ倉庫に案内される。

「ところで何体まで買い取りできるんじゃ？　それによって出す数が変わるんじゃが」

「そんなに沢山お持ちなのですか？　参考までに数を教えていただけますか？」

「レッドベア一〇頭、レッドボア八頭、フォレストウルフ一三頭、レッドラビ八羽、ワイルドエイプ五頭じゃな」

これでもかなり逃げたんじゃが、向かってきた分は狩ってやったわい。

「全部買い取りさせていただきます！」

なんか目の色変わっとるぞ。大丈夫なんか？

「ジャミ産の魔物は最近出回っていないので、ぜひ買い取りさせてください。需要に対して供給が圧倒的に不足している現状をこれで改善できます」

「そんなに不足しとるんか？　高ランクなら問題なく狩れるじゃろう」

「この街には高ランク冒険者が少ないのです。ですからパーティも組めず、狩れないのです」

そういえばあの森は高ランクパーティ向けじゃったな。それなら納得じゃのぅ。そんなところでのソロ狩りは、やはりいかんな。天災級ステータスとは恐ろしいもんじゃ。

「全部買い取ってくれるならお願いするのじゃ。ここに出せばいいのかの？」

「この倉庫内でしたらどこでも構いません。出された物をすぐに査定しますので少しお待ちください」

ビスの目が輝いておるのぅ。

【無限収納（インベントリ）】からどんどん出して置いていく。種類ごとに置いたので魔物の小山が五つ。

これでいくらくらいになるんじゃろか。

結果が出るまで茶を飲みながらしばし待つかの。

結果は数分とせずに出た。

「レッドベア80万リル×10頭で８００万。レッドボア70万×８頭で５６０万。フォレストウルフ20万×13頭で２６０万。レッドラビ1万×８羽で８万。ワイルドエイプ30万×５頭で150万。合計1778万リルとなります。これで問題ありませんか？」

「そんな高くなるもんなのか。驚きじゃな」

「最近は高騰してます。ですからこれだけの金額になりました」

「そんな高値ならこちらに不満はないから大丈夫じゃ」

「でしたらギルドマスターの執務室で代金をお渡しします。こちらです」

ビスに案内され今度はギルド二階の執務室へ。

中では太った中年男が書類とにらめっこをしておった。

「マスター、買い取り代金をお願いします。こちらが伝票です」

「ん？　ここに来るくらい大量だったのか？」

ビスから渡された伝票をちらりと見ながら、ギルドマスターらしき小太りの男が答える。

「はい。こちらの方がジャミの森産の魔物を大量に売ってくださいました」

「ほほぅ。ジャミ産を大量とはいい腕だな。Aランク辺りか？」

ジャミの森と聞いたギルドマスターは、値踏みするような目付きで興味深そうに見てきおった。

「いいや。登録しとらん。儂は商人じゃ」

「商人がジャミで狩りなんぞできるわけないだろう」

鼻で笑いながら小馬鹿にしてくる中年男。ここのマスターもダメなのか。

「戦う術を持った商人くらいいるじゃろが。自衛ができれば経費が浮く。そんなの当たり前のことじゃ」

「冒険者登録はしてないのか？　それだけの腕なら十分やっていけるだろう」

商人を下に見るかのような発言を繰り返す小太り。

「儂は商人じゃ。冒険者にはならん。こんな爺を無理に登録させるようなら、さっきの魔物も全部売らん。帰るだけじゃ」

「それは困ります。マスターは余計なこと言ってないで代金をお願いします」

売らないと言われて、ビスが慌て出す。これ、ビスがマスターやったほうが良いと思うんじゃが。

「……身分証の提示を頼む。その確認が出来次第代金を渡す」

渋々か。この街のギルドはダメじゃな。さっさと次へ向かうとするかの。

カードを渡し確認完了。代金と一緒に返された。

「またの機会があればお願いするのじゃ」

それだけ言って足早に執務室を、そしてギルドをあとにする。

ギルドで絡んでくるのは若造がテンプレなんじゃないんかのう。どっちのギルドでもそれがマスターとはの……組織を守る立場上、疑ってかかるのは仕方ないことだとは分かるんじゃが。

儂もまだまだ青いのぅ。婆さんに散々窘められたのに、ついカッとなる癖が治らん。まぁ治す気があまりないのも事実なんじゃがな。

権力や地位を笠に着た輩や、小狡い奴が大嫌いじゃからな。

宿屋の前払い分が切れたらさっさと出て行くかの。ここよりマシな街はいくらでもあるじゃろ。いや街は良かったんじゃが、ギルドだけがダメだったんじゃな。惜しい街じゃ。

《 8 しばらくのんびりじゃ 》

この街ですることはもうない。なので宿屋でのんびりしつつ、気になる店などをぶらぶら。宿屋を引き払うまでのあと数日はこんな生活じゃ。

買い物はほぼ済んでいるんじゃがな。目的もなくぷらぷらするのは楽しいもんじゃ。

わざわざ絡まれに行くのも阿呆らしいから、どちらのギルドにも顔は出しとらん。

美味しそうな焼き鳥があれば買い、【無限収納】へ。

美味しそうなパンがあれば買い、【無限収納】へ。

美味しそうな汁ものがあれば買い、【無限収納】へ。

食べ物ばかりじゃな。

あぁそうじゃ。移動の時に使える魔道具としてコンロを買ったんじゃよ。魔法で大抵なんとかなるんじゃが、自炊するとなると必要じゃからな。カセットコンロみたいなもんで23万もしたわい。高いのぅ。紅茶100ランカと一緒の値段じゃ……そう考えると安いのかの？

他にも土鍋、鉄鍋、片手鍋にフライパンを買い足した。料理を作ったら鍋ごと【無限収納】に仕舞っておけば、いつでも出来立てほかほかじゃ。

街にいる間は宿屋で料理を補充することにしたんじゃ。空いてる時間に頼んだら喜んで受けてくれたので、鍋と食材を渡して煮込み料理を頼み、仕上がったら【無限収納】に収納。

塩味しかしないからといって、料理してくれた人の目の前で調味料を足すなんてことはしとらんぞ。失礼じゃからな。

これで食事も問題なし。

料理ついでにサラダ用のドレッシングを教えたら、驚いておったわい。サラダにも塩かけるだけじゃったからな。塩、油、酸味のある果汁があるのに塩サラダとは勿体ない。基本のドレッシングさえ教えればあとは自分たちでいろいろ作るじゃろ。

早速夕食にドレッシングが出てきて笑ったわい。

しかも客の反応が面白かったんじゃ。

素材それぞれの味は分かるのに全く知らない味になっとるんじゃからな。驚きもするじゃろ。


翌日、マヨネーズのレシピを教えて頼んでみたら作ってくれた。

これに関しても目から鱗(うろこ)状態なんじゃろな。卵を調味料にするんじゃからそれもそうか。

これも宿で出したいと言っとったから、構わんと伝えたんじゃ。別に秘匿(ひとく)するようなもんでもないからの。

ただ卵の鮮度(せんど)にだけは注意するようきつく言っといた。

まさかのマヨネーズも【無限収納(インベントリ)】に収納できてほくほくじゃ。


そんなこんなで数日経過。

イスリールに挨拶(あいさつ)しておこうかと思い、神殿へ足を運ぶ。

前回と同じく正面の像の前で目を瞑る。また周囲の音が消えていく。

「セイタロウさんこんにちは。今日はどうされました？」

「そろそろ次の街へ行こうかと思っての。その挨拶じゃ」

「そうですか。旅の無事を祈ります。『いのちだいじに』ですからね」

イスリールは小さくガッツポーズをしながらそんなことを言う。

なんじゃ、森のを見てたんか。

「そうじゃな。あとマヨネーズとドレッシングを教えてしまったんじゃが問題ないじゃろか？」

「大丈夫ですよ。それはこちらがお礼を言いたいくらいですから」

問題なさそうじゃ。

おぉそうじゃ、コーヒーメーカーのことも聞いとくべきじゃな。

「電動コーヒーメーカーをこちらで使うにはどうすればいいんじゃ？　さすがに電気はないじゃろ？」

「セイタロウさんの魔力を変換して使えるようにしましょうか。使用者を限定してしまえばできますから」

「流通はできないんじゃな」

「そうですね。技術レベルに合いませんからそこは制限します。ただ料理や農業などはどんどん指導していただけるとありがたいです。いまいち発展していませんので。でも無理はしないでくださいね」

機械はダメじゃが、知識、技術はいいんじゃな。

「分かったのじゃ。気が向いた時にやるだけじゃから大丈夫じゃ」

「ならそれでお願いします」

おぉ、そうじゃ。もひとつ気になることがあったわい。

「〈朝尾茶園〉で買った物はどこから来とるんじゃ？　あっちの在庫がなくなるようなら、別の手を考えないとならんからのぅ」

「茶園と同じ物を買っていますが、在庫は一切減りません。複製してセイタロウさんのもとへと送っています。あ、お金はあちらにあるセイタロウさんの隠し口座へ入金されてます」

「隠し口座なんて持っとらんぞ!?　しかも知らないうちに増えていく残高は、もっとおかしいじゃろ」

慌ててツッコミを入れるが、暖簾に腕押し。

「僕にできるタクミ君たちへの誠意です」

にこりと微笑みを浮かべるイスリール。なんじゃや、ギルドでのやり取りも見てたのか。

「これ以上言ってもダメそうじゃな。じゃあまたの。次の街にも神殿があれば挨拶に来るからの」

「はい。お気を付けて」

イスリールの笑顔を最後に周囲の音が戻ってくる。

あとは明日の出立直前に商業ギルドへ挨拶くらいするかの。挨拶だけなら絡まれることもないじゃろ。

そうと決まれば、今日は最後の宿屋を満喫じゃな。

《9　旅立ちじゃな　》

翌朝。

宿を引き払い、商業ギルドへ挨拶に向かう。建物に入ると受付の嬢ちゃんがいた。

「アサオさん。おはようございます」

「おはようさん。今日この街を出るから挨拶に来たんじゃ。嬢ちゃんには世話になったの」

「いいえ、私こそありがとうございました。マスターにご挨拶なさいますか？」

「結構じゃ。もう出るからの。ビルによろしく伝えといてくれればそれで問題ないのじゃ」

「分かりました。伝えておきます。アサオさん、怪我などに注意してくださいね」

「嬢ちゃんも元気でな」

軽い挨拶を済ませギルドをあとにする。ネイサンに会えばまた面倒じゃろうから、これで済んだのは僥倖じゃな。

そのまま西門へと向かう。

「いろいろ世話になったのぅ。次の街へ行くから挨拶に来たのじゃ」

「爺さん、わざわざ門番へ挨拶しに来るとはマメだな」

「挨拶くらいは普通じゃろ？」

「そうでもないのが普通なんだよ」

苦笑いの門番さん。

「旅の無事を祈る。無理だけはするなよ、爺さん」

「分かったのじゃ。門番さんも気を付けての」

カードに街を出る記録を付けてもらい、そのまま街道へ。

ジャミの森近くを北上すると小さな村があるらしいのでそこへ向かう。

徒歩（とほ）だと二日かかるかどうかの距離らしい。


スールの街から一時間ほど歩いた辺りで、若い冒険者パーティの戦闘を見かけた。

戦士風の男女に魔法使い風の女が二人。

相手の魔物はゴブリンが二桁（けた）いくかどうかくらいじゃな。

あまり近づくのもあれじゃから遠巻きに観戦じゃ。

どうも冒険者パーティの旗色（はたいろ）が悪いのぅ。連携（れんけい）が上手く取れてないから攻撃も防御もばらばらじゃ。

徐々に押し込まれてこちらに近づいてきておる。

そのうち魔法使い二人が反転し逃走。それに気付いた戦士二人も続けて逃走。

四人を追いかけるゴブリン。

　魔物の引き連れ、いわゆるトレインじゃな。生き残る為に必死で偶発的に起こしてしまうのも、故意に起こすのも、結果は変わらんからな。そしてこっちに向かってくる、と。

「爺さん邪魔だ！」

　逃げろ、でなく邪魔か。これはなすりつけ行為確定じゃな。

　振り返ることなく横を通り過ぎる四人組。

「《泥沼》」

　ゴブリンたちの足元をぬかるみにして行動抑制。

「《麻痺》」

　身体が痺れて声すら出せまい。

「《火球》」

　そこへ追撃の火の玉。初期攻撃魔法だろうと魔力が大きければ数も威力も上がる。一度に数十個の火の玉を出し、それが全て顔面を狙う。

　これにて討伐終了。

　振り返ると、かなり離れた場所に四人組がいた。そちらへ歩きながら声をかける。

「さて、今のはなすりつけと見ていいんじゃな？」

「違う！　俺は逃げろと言った！　逃げなかったのは爺さんだろうが！」

　戦士風の男が怒鳴りながら嘘を吐く。

「お前さんが言ったのは『邪魔だ』じゃろ。嘘を吐くならも少しマシな嘘を吐くべきじゃ」

「言ってない！　そんな証拠どこにある！」

はぁ。なんでこう馬鹿なんじゃろか。その手のことを言ったら首を絞（し）めるフラグになるだけじゃろうに。

「《記録（レコード）》」

これは契約などの記録を残す為の補助魔法。普通は裁判、売買契約、取り調べなどに使われる、自分の見たものをそのまま再現する魔法じゃ。

今しがた起こった出来事を見せる。これで納得しないならその時は覚悟してもらうしかないのぅ。

「ばっちり記録されとるじゃろ？　素直に謝（あやま）るべきじゃないかのぅ」

「うるせぇ！　爺を黙らせれば済むことだろうが！」

ダメか。剣の切っ先をこちらに向けて睨（にら）み付（つ）けるとはの。他の子らは頭を下げとるんじゃがな。

「《束縛（バインド）》」

男の手足を縛（しば）る。

「放せ！　正々堂々勝負しろ！」

剣を持った若者と杖ついた爺が正々堂々とはの。

「《麻痺》」

　全く身動きを取れなくなった男が倒れる。

　喋れない程度の《麻痺》にしたんじゃがな。頭にきてたので加減を間違えたかの？

「どうするんじゃ？　まだやるか？」

　後ろの子たちは首が取れるんじゃないかってくらい頭を横に振っとるの。

　自分たちが逃げるしかなかったゴブリンを一人で瞬殺した儂との実力差が分かってるんじゃろ。この男だけが馬鹿だったんじゃな。

「こやつを連れて付いてくるんじゃ」

　素直に頷く三人。せっかく来た道をまた戻る。

　街から出て二時間で出戻りとはの。災難じゃ。


　西門の門番さんに説明をしスールの街の中へ。冒険者ギルドへ連れて行き、そこから街の警備に引き渡されることになるそうじゃ。

　ギルドに入り受付でなすりつけ行為の説明をすると、執務室に案内された。

　室内には儂、マスター、冒険者四人がいる。

「説明した通り、なすりつけ行為の現行犯とそのパーティじゃ。これがその証拠となる《記録》」

　マスターに魔法で映像を見せる。

「これは完全にクロだな。なすりつけだけでなく、一般市民に危害を与えようとまでしたとは。冒険者が迷惑をかけて申し訳ない」

　素直に頭を下げるマスター。

「この男だけは厳罰にしてくれんか？　他の子は厳重注意で構わん。実際の被害もないし、頭を下げてくれたからのぅ」

「こちらとしてはありがたいが、爺さんはそれでいいのか？　賠償請求などもできるが」

「あまり事を大きくしたくないからの。ただし、反省しない馬鹿は痛い目を見るべきじゃ」

　許された三人は感謝と謝罪の言葉を口にしておった。動けない男だけはこちらを睨み付けとったがな。

「万が一、この件で報復なんぞしようものなら分かるな？　そのくらいはお前さんの権限でなんとかできるじゃろ」

　マスターと男に冷たい視線を送る。

「こいつは犯罪奴隷落ち確定だから、そんなことは起こらんさ。起きた場合は俺が責任を取るから、その殺気を仕舞ってくれ。他の三人は初心者講習からやり直しだ」

「ならかまわん。儂は安全に旅がしたいだけじゃからな」

　用件は済んだので部屋を出る。あとはしっかり教育してもらうだけじゃ。

一階に下りるとビスが見えたので挨拶だけし、ギルドをあとにする。

気を取り直して今度こそ出立じゃ。予定外の本日二度目の出立、それも昼近く。

街を出て少ししたところで昼飯じゃ。何を食べるかのぅ。美味しいものを食べて気持ちをリセット、リフレッシュじゃ。

宿屋で作ってもらった汁ものに味噌を入れてアレンジし、主食におにぎり。焼き鳥を二本で昼飯を済ませて、食後の一服。

「ふぅ。茶が美味いのぅ」

昼前にあった些細なことなど、これで洗い流せば終わりじゃ。

さて今日はジャミの森辺りまで進もうか。村は逃げんからのんびり行くかのぅ。

《 10　村に出るもの 》

ジャミに着いたのは日も暮れ始めた頃。ここから北上して村へ向かう予定じゃ。その先にあるフォスの街が当面の目的地かのぅ。

じゃが何を急ぐ旅でもないからの、途中の村でひと休みしていこうか。

まぁ今日はここらで野営することになりそうじゃがな。

ギルドで売却した後で気付いたんじゃが、魔物の肉は美味いモノも多いらしいのじゃ。

というのも街中で売られていた串焼きにホーンラビがあって、鶏肉とはまた違った美味(うま)さじゃった。解体もせず、詳しい鑑定もしなかった自分が馬鹿じゃった。

小物は自分で解体してみるのもいいかもしれんな。せっかくイスリールに付けてもらったスキルもあることじゃからな。

だもんでジャミの森に寄ることにした。

無駄な狩りをする気はないんじゃが、食べられるならいくらか狩っておこうかと思っての。

あとキノコ、山菜、野草、薬草あたりも採(と)れると嬉しいのぅ。

採取の時は自分に《結界(バリア)》を張れば、魔物に襲われても大丈夫じゃろ。鑑定しながら採取すれば毒草、毒キノコに中(あた)る心配もなさそうじゃ。

翌朝、街道から少し入った辺りで採取を開始。

ついでの肉確保で狩ったのはフォレストウルフ二頭、レッドラビ三羽。採取がてらの戦利品としては十分じゃろ。

もちろんキノコも沢山採取したがの。肉も食べるがそれよりキノコのほうが嬉しいのじゃ。

首を切って血抜き、腹を割いて内臓を取り出し、皮を剥(は)ぎ肉と骨を分ける。解体に忌避(きひ)

感が湧くこともないようじゃ。日本じゃこんなことしたことなかったんじゃが、これも転生によるものかの。

解体直後にレッドベアが出てきおったのは予想外じゃったな。内臓と血を穴に埋めて《清浄》をかける直前に出てきおってからに。血の匂いに釣られたんじゃろな。

レッドベアの解体までは無理じゃから、死体はそのまま【無限収納】に保管じゃな。

森での採取も終わり、街道へ戻る。

一服したあとでのんびり村へと向かい、夕方に到着。宿屋で部屋を取り、食事をして今日は終わりじゃ。村の散策は明日以降じゃな。

朝、宿屋から出ると違和感を覚えた。

どうにも活気がない。早朝でもないのに喧騒もなく、人気もまばら。

疑問に思って近くの店主に聞いてみると、思わぬ答えが返ってきた。

どうやら度々盗賊の襲撃を受けているそうじゃ。

スールに常駐している警備隊へ討伐要請を出しても、村に来る頃には盗賊はいない。数日警邏してもらっている間は何事もなく過ぎ、警備隊が街へ戻ると数日後にまた襲撃される。そんないたちごっこ状態らしい。

盗賊団のアジトも見つからないので根本的な解決が見込めていない。

アジトを見つけるにも依頼を出さねばならず、そんな報酬を払う余裕はあるはずもない。

村の危機に駆けつける警備隊は無料なんじゃが、空振りばかりで証拠も弱った村人だけじゃからのぅ。大々的な討伐隊も組めんじゃろ。

数日前に警備隊が街へ戻ってしまったので、また盗賊が来るのではと元気がないようじゃ。

スールとしても常駐させるだけの人員的な余裕がないそうじゃ。

ただ盗賊による人死にはゼロなんじゃと。食料、商品、金は盗めど人を殺めることは一切なし。

なんじゃこの生かさず殺さずみたいな状況は。ここを牧場とでも思っとるんか？

どうにも許せん、懲らしめてやりたいのぅ。

……旅人が勝手に動く分には問題ないじゃろ。骨休めがてらこの村に滞在してみるかの。

宿屋に数日分の前金を入れ、村を散策。

村の特産品として香草茶、手織り、草木染めがあるようじゃ。特に香草茶は宿の食事で一緒に出されてたから気になってたんじゃよ。

小さな村の特産品など安いものだと盗賊団も見逃したんじゃな。少ないが店に並んどる。儂としては香草茶が買えるのは嬉しいことじゃ。茶に貴賤なし。

スキルで茶を買えるにしても、やはり現地のモノも飲みたいからのぅ。美味しくないならいらんが、この香草茶は美味いからの。商人をやっとるんじゃし、手織り、草木染めも買っておこうかの。

仕入れと骨休めで三日が過ぎる。

盗賊は表だって現れることはなかった。ただ周囲の警戒がてらに魔法を展開したら、数人網にかかったんじゃよ。だから表だってはいないんじゃ。

しかしこの魔法《索敵》は便利じゃな。周囲の状況が分かるのは本当に有り難い。物陰にいようが関係ないからの。マップ画面と連動させて、自分に害のあるものを赤く色分け表示したら一目瞭然じゃ。

網にかかった盗賊を点滅表示のマーキングにして追跡すると、村から二時間くらいの距離で動かなくなっとった。

森の奥、岩山の洞窟、そこがアジトなんじゃろな。点滅表示は移動しないのに赤表示の点は度々マップ画面に映る。

これは入れ替わりで村を監視しとるんじゃろな。賢いのかそうでないのか。気配を殺して人を替えてるんじゃからそれなりに頭がいいのかの。

赤点の動きからして今夜辺りが決行日なんじゃろな。

宿屋でじっと待ち、村の明かりが消え寝静まった頃、マップ画面には点滅込みで一〇の赤点が残っとる。

実働部隊は一〇人、アジトにもまだ複数のマーキング表示。

全員にマーキングがされてない可能性を考えると、結構大きな盗賊団のようじゃな。

さて、鼠狩りといくかの。

《 11　大きな鼠 》

「まずは特大の《結界》を展開と」

村全体をすっぽり覆うほどに展開。

「静かにする為に《沈黙》を範囲内に全展開」

《結界》内の一切の音が消える。

「ここからは一気にやるかの」

マップ上の村内にある赤点を指定し、《束縛》と《麻痺》を発動。相手と向かい合わなくても、マップから魔法を使えることは、キノコ狩りの時に実験済みなんじゃよ。ただ赤点のままだと魔法が効いてるかいまいち分かりづらいのぅ。状態異常は黄色に変えてみるか。

ここまでを宿の一室で済ませ、外へ出る。マップ上に黄色く表示された一〇人の盗賊の所へ行ってひとまとめに縛り、村の真ん中にある樹の根元に放置。村に張られた《結界(バリア)》と《沈黙(サイレス)》を解(と)いて元に戻す。

「お前さんたちのアジトを潰してくるから少し待っとれよ。まぁ動けんじゃろうがな」

盗賊たちの前にしゃがみ、声をかけるが反応はない。

アジトである洞窟の入り口には、見張りが二人おるようで、赤点が点滅していた。外からは見えないように死角に潜(ひそ)んでいるが、意味はなし。

「赤点八個でマーキングなしは一人だけか。これがボスじゃろな」

マップを確認しながら小声で呟(つぶや)き、ゆったりした足取りでアジトの入り口へと向かう。

「外からこのまま鎮圧(ちんあつ)したほうがいいじゃろ」

見張りの死角に立つと《麻痺(パラライズ)》を発動。

八つ全てが黄点へと変わる。

「ふむ。ボスだけはダメじゃったか」

黄点に変わったのに、そのうち一つだけはこちらへと移動していた。

「何しやがった！」

なんとか動けるだけじゃな。顔が引きつっておるわい。

「《麻痺》させただけじゃよ。こんな風にな。《麻痺》」

ボスに再度魔法を浴びせると、目を見開きながらゆっくりと倒れ、今度こそ動かなくなる。

「な？　間違ったことは言っとらんじゃろ？」

にこりと微笑んだ儂はそのままアジトの中に入ると、強奪品と思しきものを全て収納し、倒れている盗賊を表に運ぶ。

「この人数を村まで運ぶのは苦労するのぅ」

ボスも手下も全員まとめて《束縛》で縛り上げひと塊に。

「《浮遊》」

縛り上げた蔓を握りながら塊を浮かせば、お手軽輸送術の出来上がりじゃ。

「これで運ぶのも楽チンじゃな」

大きな風船を持つ笑顔の老人。そう見えなくもない絵面かものぅ。

アジトをあとにして夜明け直前に村へ戻ると、放置していた盗賊の周囲に人だかりが出来ておった。

「ちょいと通してくれんか？　盗賊はこれで全部じゃ」

浮かせたまま運んできた盗賊たちも樹の根元へ下ろし、盗賊団を全員まとめて縛り上げる。

「これは爺さんがやったのか？」

おそるおそる声をかけてくる若い村人。

「そうじゃ。アジトまで行って全部捕まえてきたんじゃ」

「爺さんは高ランク冒険者なのか。しかしこの人数を捕まえるってすげぇな」

驚きを隠せないようじゃ。

「儂は商人じゃよ。ほれ」

ギルドカードを取り出して見せてやる。

「本当に商人だ。いやでも商人がなんで盗賊団を捕まえられるんだよ」

「すこーし魔法が得意な商人の爺じゃよ」

これ以上聞くでないぞとの意味を込めてウィンク。ついでに人差し指を立てて唇に当てるおまけ付きじゃ。

「分かった分かった。もう聞かないよ。恩人にそんな無礼な真似できねぇよ。おい、誰か村長に伝えてくれ」

「とりあえず儂は宿屋でひと眠りしたいんじゃがダメかのぅ？」

「今、村長が来るから、説明だけお願いしていいか？　それが済んだら大丈夫だと思うからさ——

「分かったのじゃ」

ほどなくして村長と思われる老人が現れたので、儂から事の次第をざっくりとだけ説明しといた。

村長は驚いてはいたが、それよりも盗賊団に襲われる心配がなくなったことが嬉しかったらしく、感謝しまくりじゃった。詳細説明はひと眠りしたあとで構わないということになったので宿屋へ戻る。

その前にもう一度盗賊団を縛り上げ、浮かせた状態で放置。村人にも下手に手を出さないように約束してもらった。仇を目の前にして暴走されても困るからのぅ。

念の為《結界》を張っておけば、村人から犯罪者を出さずに済むじゃろ。

夜が明け、目覚めて食堂に行くと、主人に感謝された。盗賊団の被害は宿屋にも及んでいたらしい。

朝食をとり終え村長の家に向かう道すがら、行き交う村人全員に礼を言われる。

村長に昨夜の詳細と盗品のことを伝えて事後処理を全て任せ、また宿屋へ。

盗品はどれが村のものか分からないので、被害者からの自己申告にした。ここの村人なら馬鹿なこともせんじゃろ。

更に明けて翌日昼過ぎ、スールの街から警備隊が来おった。なんでも村長が早馬で盗賊団捕縛の連絡をしたそうじゃ。それで警備隊も早馬で飛んで来たのだとか。隊員の話によれば、檻付きの馬車も手配済で、明朝には着くらしい。

警備隊にも詳細を説明したところ驚かれたわい。ぷかぷかひと塊で浮いてる盗賊団を見て納得したみたいじゃがな。

この盗賊団は近隣の村や集落を襲いまくっていたらしく、懸賞金まで付いてたそうじゃ。それを一網打尽、しかも生け捕り。警備隊にも感謝されたわい。

盗品について聞いたところ、盗賊を退治した人に所有権が渡ることになると教えてもらった。その辺りは刷り込み情報になかったから大助かりじゃ。

元の所有者が引き取りか買い戻しを申請することもあるが、断っても問題なく、その窓口は冒険者ギルドがしていることも教わった。

翌日、檻付き馬車の警備隊が到着。盗賊団を引き渡し檻の中へ。

ひと括りにした《束縛》はそのままでと頼まれたから、《麻痺》だけ治して引き渡し完了。警備隊はスールの街へと帰っていった。帰り際に懸賞金の引き取り用手形を置いて。国内の大きな街へ行き、警備隊か冒険者ギルドに渡せば現金が貰えるらしい。

盗品返却も、警備隊が帰った翌日には無事終了。村長に窓口を担当してもらったから助かったわい。食料は無理じゃったが、その他はほぼ申請通り返却できた。なけなしのお金で買い戻そうとした者までおったが、全て無償返却にした。金など貰えんじゃろ。

それでもかなりの量が【無限収納】に収納されたままじゃ。

中には装備、貴金属、魔道具、家具もあったので、多くの商隊や冒険者が被害に遭っていたことが分かる。村人が殺されなかっただけで、冒険者は何人も亡くなってる気がするのぅ。これは遺族なりパーティなりに返してあげたいもんじゃな。

「ひとまずカタが付いただけでも良しとするしかないのぅ」

何とも言えない思いがするのじゃった。

《12 見つけた》

急ぎの案件も片付いたんじゃ、のんびりするべきじゃな。買い物はほぼ終えとる。急ぐ旅でもないから散策するかのぅ。

ぶらぶらのんびり、ゆったりまったり。

村長と一服しながら世間話に花を咲かせて情報収集。儂が出した緑茶に村長は大層驚いとったのぅ。見たことも飲んだこともない品なんじゃと。

紅茶も出したら、領主の所で飲んだものより美味くて良い匂いだと、これまた喜んでたわい。

「貴族の見栄、虚栄心でこんな田舎の村長にも紅茶を振る舞ってくれた」

と自虐気味にこぼしとったの。ただ、

「そんな見栄に金使わないで違う形で還元してもらいたい」

と少しの怒気をはらみながら呟いておったがのぅ。

貴族様の世間体を理解しつつも、村長として村の皆の暮らしを楽にしたい思いもあるから難しいんじゃろな。

そんな話の中で、村の畑が少し話題に出たんじゃ。

どうにも作物の出来が良くないらしい。肥料は何を使っているのか聞いたら、何も使ってないとの答えが返ってきた。そもそも肥料を知らんかった。それじゃ生りが良くなるわけがない。土の養分が足りないんじゃからのぅ。

すぐできることとして落ち葉を混ぜさせてみた。

ジャミの森まで行けば腐葉土が沢山あるんじゃがな。散々歩いたからあそこにあるのは確認済みじゃ。ただ森に村人が行くのは危険じゃから、村の隅にまとめてある落ち葉から十分腐ったのを選り分けて混ぜさせたんじゃ。堆肥とまではいかないが、効果はあるじゃろ。

あとは竈の灰。燃えカスになった炭も土に混ぜ込む。何度か繰り返せば土も肥えるじゃろ。

旅の爺のたわ言なんじゃから、畑の一部で試して効果が確認できたら皆に勧(すす)めればいいんじゃよ。

畑に小麦っぽい穂が見えたので聞いたら、やっぱり小麦じゃった。別の名前ではあったが粉にして使ってるのは変わらん。小麦粉を分けてもらえたのは嬉しいのぅ。

米はないのかと聞いたら、もっと東のほうで栽培されとるらしい。この辺りでは育たないので、市場に出回ることも珍しいそうじゃ。米はスキルで仕入れるからまぁいいじゃろ。

せっかく手に入れたんじゃ、村長の家で台所を借りて早速料理といこうかの。

小麦粉ならうどんじゃろ。【無限収納(インベントリ)】に入ってる醤油(しょうゆ)、顆粒(かりゅう)だし、酒で即席麺(めん)つゆも出来るしのぅ。

小麦粉に塩水を混ぜて打つ。うどんは時間との勝負じゃ。最初の混ぜで良し悪(あ)しはほぼ決まる。混ぜたらあとは体重乗せて捏(こ)ねる。捏ねたら寝かせる。寝かせたあとは切って、たっぷりの湯で茹(ゆ)でる。湯をケチったらダメじゃ。

これでコシも十分ある美味(うま)いうどんの完成じゃ。

麺つゆの具にキノコと肉を加えたから、かなりの美味じゃな。村長も一緒に食べて喜んでたわい。

ここらじゃ小麦粉はパンにするのが常識らしく、麺にするなんて考えてなかったそうじゃ。

一夜明けて翌日。

村長と畑を回りながら、いろいろ鑑定してたら見つけてしまった。

醤油じゃ。いや味噌か？ まぁそのどちらとしても使うことのできる木の実が畑に沢山生ってたんじゃ。果汁を搾れば醤油風、刻んで潰してペースト状で使えば味噌風。この木の実も分けてもらえたのでほくほくじゃ。

加工品の材料となる葉っぱと樹皮を使う為に栽培しておって、木の実は種だけ残して捨てていたそうじゃ。独特の匂いと塩辛さから敬遠されとるらしい。昨日の麺つゆに使ってたのと似たものだと教えたら驚いてたわい。

醤油を使った料理もいくらか教えておけば、村の役に立つかもしれんのぅ。野菜、肉に応用できる煮物全般。肉なら串焼きに少し垂らすだけでも十分じゃ。あとは汁もの全般にも使えるな。

とりあえず儂はすいとんじゃな。

鍋に肉、キノコ、野菜を入れて煮込んで、緩めのうどん生地を適当な大きさにつまんで投下。醤油で味を調えて煮込んで出来上がり。

汁であり、主食である万能食。これも教えたので村で流行（はや）るかもしれんのぅ。

煮物のついでにおやきも教えたんじゃ。

煮物をうどん生地で包んで、蒸（む）すか焼けば出来るから簡単なもんじゃ。あれも腹持ちが良い田舎食じゃからな。畑仕事の合間の茶請けにもいいしのぅ。

またいろいろ【無限収納（インベントリ）】に補充できてうはうはじゃな。しばらくは食い物に困らなくて済みそうじゃ。

持ち込んだ白米を挽（ひ）いてもらった上新粉で煎餅も作れたしの。醤油煎餅は茶が進むわい。

次の目標は団子じゃな。白玉粉と上新粉が必要じゃからな。

うちの茶園にもち米もあればよいんじゃが、あんまり数が出るものじゃないからのぅ。取り扱ってたか忘れたわい。あとで確認せんとな。

これだけ使（つか）い途（みち）を教えれば、村でもどんどん使うことになるじゃろうて。醤油の実を捨てずに取っておくよう言い含めたから、また来た時に分けてもらいたいわい。

村でやることもひとまずこれで終わりかのぅ。

のんびりしたし、明日は北へ向かうとするかの。

《13　北の街》

翌朝。村長に挨拶をして村を出る。

「また来る時があれば話し相手になってほしい」

笑顔で言われると、こちらも気分がいいもんじゃな。

無理に情報を引き出すでもなく、引き留め工作をするでもない。この村はいい村じゃ。人も風土も。

またそのうち顔を出すことにしようかの。

フォスの街へ行く道中、苦労する魔物もおらんかった。《麻痺(パラライズ)》《束縛(バインド)》《泥沼(スワンプ)》でほぼほぼ逃げられたからの。

それでも一部が抵抗したので《風刃(ウィンドエッジ)》《石弾(ストーンバレット)》《水砲(ウォーターガン)》の各属性初期攻撃魔法で退治した。

今回は小さい魔物でも解体せずに【無限収納(インベントリ)】へすぐに収納。以前のレッドベアみたいに血の匂いに釣られて来られても困るからの。

他にもデバフ系の魔法をいくつか試し撃(う)ちしてみたんじゃ。

視覚を奪(うば)う《暗闇(ダスク)》。

毒を浴びせる《猛毒(ヴェノム)》。

足を遅(おそ)くする《鈍足(スロウ)》。

物理攻撃、防御を弱める《虚弱(フィーブル)》。

魔法面を弱める《喪失》。

補助、支援魔法はやはり面白いのぅ。


旅を続けること七日。フォスの街が見えてくる。

ここに来るまでに小さな集落が点在しとったので、野営半分、集落で一泊するのが半分といったところか。

一宿のお礼は狩った魔物で良いと言われたんじゃ。道中も今まで通りに狩りをしとったから儂には肉の在庫がそれなりにあるが、普段は自分たちで狩るしかないからなかなかの貴重品なんじゃと。

集落を守る為にも多少の狩りはしているそうじゃが、苦労、危険も多いそうじゃ。肉が喜ばれるわけじゃ。

ギルドカードを提示し門から街中へ。

近隣に危険な魔物が少なく、国境からも遠いので、街を囲む石壁は低いし、門も昼間は開いたまま。人の出入りを監督（かんとく）する門番が数人常駐するくらいの平和な街じゃ。

門番さんにオススメの宿を紹介してもらう。安全で料理の美味（うま）い宿を聞いたのじゃ。

教えてくれたのは、大通りに面した大きな宿屋ベルグ亭じゃった。でも宿代は決して高くない。立地を考えれば十分安いと言える。

そこへ行き、とりあえず一週間分の宿代を前払い。これでこの街での拠点を確保じゃ。

まずは警備隊に盗賊団の件の報告に行こうかの。

警備隊の詰め所は冒険者ギルドの隣にあった。宿屋へ行く途中で確認しといたんじゃ。詰め所に入り、懸賞金の引き取り用手形を差し出す。盗賊団の詳細を説明し、これで終わり。スールの街に連絡して確認が取れ次第、懸賞金の支払いが行われるそうじゃ。

街との往復を考えると半月はかかると思ったんじゃが、明日には支払われるらしい。一般には出回っていない通信用魔道具が各詰め所に配備されとるんじゃと。登録された相手への専用電話みたいなもんじゃな。情報の大切さ、重要性が分かっとるから、警備隊に優先配備なんじゃろな。他にも各ギルドには配備されとるそうじゃ。

盗品返却について聞いたら、冒険者ギルドが担当だからとそちらへ同行させられた。仕方なく冒険者ギルドで説明。登録していない為、討伐報酬はなし。

「ぜひ登録を！」

と懇願されたが、する気はゼロじゃ。

盗品返却は現時点で問い合わせがあるもののみ明日以降対応すると伝え、ギルドをあとにする。もちろん問題ありそうな相手はギルドで事前に弾いてもらう約束を取り付けた上でな。

イスリールに挨拶をしたくて神殿を探すと、街の中央にあった。

この街は信仰心が篤(あつ)いようじゃな。

神殿に入り、正面の像の前で目を瞑る。

周囲の音が消えるのと同時にイスリールの声がした。

「セイタロウさん、こんにちは。今日はどうしました？」

「知っとるじゃろうが、村でのことを報告に来たんじゃ」

「はい、見てましたよ。村を救っていただきありがとうございました」

頭を下げるイスリール。

「神様が頭を下げて大丈夫なのかの？」

「神だろうとお礼はしっかりしないとダメです。いえ、神だからこそしっかりすべきなのです」

にこやかに、しかししっかりとイスリールは口に出した。

「見える、見えないは別にして、神様は皆の手本となるべきだからか？」

「そうです」

いい心がけじゃな。偉そうにふんぞり返る神様なぞ信仰する気が起きんからのぅ。

「おぉそうじゃ。盗賊といえども人じゃから殺めはせんかったが、あれで問題ないかの？」

「セイタロウさんが人を殺める重責を背負うことはありませんから、あれが正しい選択でしょう。あとの判断は国などに任せましょう。私たちも人の世に手は出せませんから」

「ただ命の危険を感じればやるかもしれんがのぅ」

「そこは『いのちだいじに』ですから正当防衛です」

小さくガッツポーズしながら言うイスリール。

気に入ったんかのぅ。

「あと、腐葉土は成功するか分からんから観察してやってくれんかの？　地球の技術、知識じゃから大丈夫か分からんでのぅ。料理絡みは心配ないじゃろうが」

「分かりました。ただもう十分、好影響が出始めてますよ。育ちがいいと喜んでます」

「もう出とるんか！　早すぎじゃろ」

「それだけ革新的だったんですよ。種を蒔き、水を撒くだけの農業でしたから。醤油もそうです。今まで捨てていたものが使える、役立つと分かったのはかなりの衝撃でしょう」

「まぁ好影響なら大丈夫じゃろ。あの村が豊かになるならいいことじゃ」

「これからも無理しない程度によろしくお願いします」

「分かったわい。じゃあまた来るからの」

「はい。お気を付けて。次に会えるのを楽しみにしてます」

イスリールの声が消えると周囲の音が戻ってくる。

　さてと、今日はもう宿屋に戻るかの。

　明日は冒険者ギルドと詰め所に顔を出すからのぅ。面倒なことにならなければいいんじゃがな。

《 14 盗品返却 》

　さて翌日。

　朝食をいただきに食堂へ。

　そうそう、昨日宿へ戻ってから嬉しい誤算(ごさん)があったんじゃ。この宿屋にも風呂はなかったが、水浴びできる場所は用意されとった。水を張るにも、湯を沸(わ)かすにも人工(にんく)がいるからのぅ。場所があるだけでもありがたいもんじゃ。利用料に500リルかかるがそんなのは気にもならん。

　持ち込みのタライに《浄水(ウォータ)》で水を張り《加熱(ヒート)》で丁度(ちょうど)いい湯加減に調整し、手桶(ておけ)でばしゃばしゃ自分にかける。それだけでも気分がいいもんじゃ。

　夜の水浴びでリフレッシュし、美味しい夕飯で腹も満たされ気持ち良く就寝(しゅうしん)。夕食はこっそり醤油とマヨネーズを出して味を足したんじゃよ。

　素材がいいし、腕もいいから、少し味を足すだけでものすごく美味(うま)いんじゃ。塩味だけなのを改善すればこの宿はもっと流行ると思うんじゃがのぅ。今朝(けさ)も美味しい朝食を済ませたら気分良く外出といこうかの。

先に部屋で一服してからじゃがな。

昼前に詰め所に顔を出すと、昨日と同じ警備隊員が丁度おった。これは話が早くて楽そうじゃ。

スールの警備隊に無事確認が取れたそうで懸賞金280万リルをもらい、詰め所を出る。

盗賊団一味を全員生け捕りじゃから高額らしい。

次は冒険者ギルドじゃ。

盗品買い戻しの手続きがあまりにも面倒なら、全拒否も辞さんぞ。

そう意気込んでギルドに顔を出したら肩すかしをくらったわい。

ギルドマスターのいる執務室に連れて行かれたので覚悟したんじゃが、問い合わせはほんの五件のみ。それも冒険者仲間の遺品買い戻しが三件と、貴族からの貴金属、魔道具の引き取りが二件。商隊は諦めていたらしく被害報告のみで問い合わせもしてこんかったらしい。近隣の村も状況は同じようじゃ。

これなら大丈夫じゃろ。

ギルドマスターのゴルドとの挨拶もそこそこに本題へ。

この手の話は複数人立会いのもとでするらしく、ゴルドと事務方職員二人と儂の計四人が執務室におる。

冒険者の遺品買い戻しは全て無料とした。【無限収納】に入ってるものと、問い合わせ品が一致しとったからの。墓に手向けるのか、自分たちが使うのかは分からんが、儂が持ってるより遥かにいいじゃろ。問い合わせ毎に品物の山を作り、冒険者組の案件は終了。

それでもまだいくつか装備品が残っとるんじゃが、これはもうしょうがないんじゃろな。

さて次は貴族の案件じゃ。

冒険者や村人ですら買い戻しを希望してきたのに引き取り申請とはの。がめついにもほどがあるじゃろ。昨日忠告したのにこれを弾かないギルドは何なんじゃ？　ここのギルドマスターもダメなのか？

貴族の申請を却下し、盗品返却を完了させようとしたのを察したらしく、ゴルドが渋々教えてくれおった。

ギルドの運営には国や貴族からの多額の援助が必要不可欠で、やむなく申請を受けたんだと。特権階級になると勘違いするのが増えるのは、どこの世界も同じなんじゃな。

仕方ない。ギルドの顔を立てる意味で、買い戻しなら応じることにするかの。

ただし、

一、直接交渉なし。

二、こちらの情報が相手方に漏れることも一切ないようにする。
三、金額はギルド職員の鑑定による適正価格で。
この三点が守られるならとの約束でじゃ。どれか一つでも呑めないなら、返却依頼は即座に却下となる。貴族に確かに伝えるとの言質が取れたので今日は終いじゃな。

追加で一つ伝えておくかの。

「万が一こちらに手を出そうものなら相応の覚悟をすることじゃ」

そう言いながら鞄から出す振りをしつつ、【無限収納】からレッドベアの死体を出す。

「これを一人で狩れる爺が相手じゃからな。あぁ、それとこやつの解体を頼む。肉だけこちらで引き取りで、素材は全て買い取りでの」

首につららが刺さったままのレッドベアを驚愕の目で見るギルドの面々。

「これはジャミのレッドベアじゃないか」

「そうじゃな」

ゴルドはひと目で分かったんじゃな。ただ職員が何か言いたそうにしとるのぅ。

「あの、解体と買い取りは承れるのですが」

「なんじゃ?」

「解体する倉庫まで運んでいただけますか？　この部屋から運ぶ手段がない……というか、

その扉から出せませんので」

「おぉ、それはすまんかったの。じゃあ案内してくれるかの？」

ちょっとキメようとしたのにのぅ。一度仕舞わされて、更に運ばされるとはなんとも恥ずかしい限りじゃ。

案内された倉庫で解体依頼を出し、ついでにフォレストウルフ、レッドラビの素材も一緒に売却する為に渡した。明日の昼には返却の件の返事と併せて処理できるそうなので、その約束をしてギルドを出る。


あとは何をするかのぅ。

……おぉそうじゃ。商業ギルドに顔出ししてコーヒーの価格を調べるか。こちらから最低価格を提示して、それに難色を示すようなら売らない。これが一番手っ取り早いじゃろ。ネイサンとの交渉みたいなことはもうしたくないからの。

そうと決まればギルドへGOじゃ。

昨日祈った神殿近くにある石造りの商業ギルドに入り、そのまま受付に声をかける。ここでも若い嬢ちゃんがすぐに応対してくれた。

「コーヒー豆の相場を知りたいんじゃが教えてくれんかの？」

ギルドカードを提示しながら単刀直入に用件を伝える。

「コーヒー豆ですか、少々お待ちください」

嬢ちゃんが奥へ姿を消し少しすると、男性職員と一緒に戻ってきた。

「申し訳ありませんがカードの確認をさせていただきます」

カードを水晶にかざすと氏名、売買記録などが出てくる。

スールで紅茶を売った記録もしっかり載っておった。

「紅茶でなくコーヒー豆の相場ですね」

「今回はコーヒー豆を売ろうと思っての」

「品質にもよりますが100ランカ12～13万リルとなっています」

「そうか、ありがとの。明日持ち込むから査定と買い取りをお願いして大丈夫かの？　総量2万ランカほどあるんじゃが」

「2万ランカもですか！　準備をしておきますので、明日午前に来ていただけますか？」

「分かった。明日午前にまた来るのじゃ」

「お待ちしてます」

嬢ちゃんと男性職員に挨拶をしてギルドをあとにする。

これで今日の予定は全て終いじゃな。

さて宿でのんびり一服じゃ。

《15　コーヒーを売ろう》

商業ギルドのアポが午前と言っても、朝食とってすぐというわけにもいかんじゃろ。

朝食後に部屋でのんびり過ごしながら〈朝尾茶園〉の画面を見る。試飲用に少し仕入れておくかの。

焙煎コーヒー豆５００グラム×一袋。

インスタントコーヒー２００グラム×一袋。

電動コーヒーメーカー×一台。

ガラス製保管容器×五個。

支払いを済ませた商品は【無限収納（インベントリ）】にそのまま移動する。

コーヒー豆はもちろんのことじゃがインスタントコーヒーもかなり売れると思うんじゃよ。手軽なのに今流通してるものと品質が段違い……遥か上なんじゃからな。

コーヒーメーカーを【無限収納（インベントリ）】から取り出し、確認の為に触（さわ）っていると使用者が固定された。触れているうちに魔力が流れたんじゃろ。電力の代わりに儂の魔力を使う魔道具になったコーヒーメーカー。電源プラグもないので、中に組み込まれた魔石が電池の役割を果たすようじゃ。魔力を満タンに充填（じゅうてん）させて試運転してみるかの。

豆を入れ《浄水》で容器に水を溜め、スイッチオン。豆を挽く音と香りが広がる。その後少しずつコーヒーが滴る。

良い香りじゃな。動作も問題なし。

コーヒーカップに注ぎ味と香りも確認したが問題なし。美味しかった。

「たまに飲むコーヒーは美味いもんじゃな」

のんびりしながら、ふと思いついてさっき追加購入した試飲分を画面操作でガラス瓶に移し替えておく。

朝の喧騒も終わり、宿に残る気配もまばらになった頃。

商業ギルドに顔を出すとそのまま執務室へと案内された。中には昨日の男性職員と見知らぬ女性が一人。

「おはようございます。昨日は名乗り忘れましたが、コーヒー豆仕入れ担当カルフェです。こちらはギルドマスターのアディエと言います」

「アディエです。良い取引をお願いしますね」

「遅くなって申し訳ないのぅ。行商人のアサオじゃ。早速本題に入って大丈夫かの？」

なかなかの面構えじゃな。柔らかさの中にもしっかり芯が見える。

「はい。まず査定したいので現物を出していただけますか？」

カルフェに促され、先ほどコーヒー豆を入れたガラス瓶を鞄から出しテーブルへ。

「透明な器……」

ガラス瓶に見とれ、息を呑むアディエ。うむ。掴みは万全じゃな。何せこの街も含め今まで通った街や村で、澄んだ窓ガラスもガラスの器も見なかったからの。

「この豆を査定してもらいたいのじゃ。味に関しては準備するから少し待ってくれるかの」

コーヒーメーカーも取り出しテーブルへ。

「これは？」

新たに出された機械にもアディエは興味を示す。

「まぁ見とれ。今コーヒーを淹れるからな。カルフェにはその間に豆の査定を頼めるかの」

豆を入れ《浄水》で水を溜め、スイッチオン。豆を挽く音と香りが広がる。少しずつ琥珀色の雫が滴り、抽出されたコーヒーの香りも広がる。

「コーヒーを淹れる魔道具じゃ。まぁこれは売れんし、詳細も教えられんがな」

部屋にコーヒーの香りが充満する。

「さてこれを飲んでみてくれんか？」

二人の前に真っ白なコーヒーカップを差し出して勧める。

「真っ白な器……そしてコーヒーのこの香りと色。味を確かめるまでもなく最高品質ですね。いえ、今までの最高品質が霞んでしまいます」

「ええ。口にしなくても分かります。こんなモノに出合ったことがありません」

カルフェ、アディエとも納得の品質じゃな。

「この魔道具じゃから美味く淹れられる、なんて思われても困るからな。違う淹れ方もするぞい」

今度は急須、ドリップセット、コーヒーミルを鞄から取り出す。

コーヒーミルに豆を入れてゆっくりハンドルを回す。がりがりと音をたてながら豆が挽かれていく。

カップにドリップセットを載せて挽いた豆を入れる。

急須に《浄水》で水を入れ《加熱》でお湯へ。

ゆっくりお湯を回し入れ、カップに落ちたらまたお湯を注ぐ。何度か繰り返せばコーヒーの出来上がり。

「こちらも飲んでくれるかの？」

二人の前にまたカップを差し出す。

「魔道具に関係なく、やはり最高級ですね。これは間違いありません」

「本当に美味しいです。今までのコーヒーを美味しいと思っていたので衝撃です」

うむうむ。満足してくれたようじゃ。

「その豆を挽く器具も初めて見ました。それも魔道具ですか？」

「いやこれは普通の代物じゃ」

「それを売っていただくことはできますか？　コーヒー豆だけでなくそれも買いたいです」

「これは一台しか持っとらんが構わんぞ」

食いつきがいいのぅ。

「まずは豆の価格交渉をしてもいいかの？　こちらとしては相場より上の100ランカ15万あたりと考えているんじゃがどうじゃ？」

「まさか！　そんな値で買えるわけがありません」

カルフェが渋い表情を見せながら、今までと違い否定の言葉を口にする。

「そうか。残念じゃが」

「ええ、ええ。カルフェの言う通りです。そんな安値ではいけません。私共を試すだなんてアサオさんも人が悪い。100ランカ20万でいかがでしょうか？」

アディエからまさかの高値提示じゃと！

「こちらの提示額より上とは驚きじゃ」

「この豆にはそれだけの価値があります。それとその豆挽きは一台100万でいかがでしょうか？」

ミルが100万じゃと！　こっちも驚きの高価格じゃ。

「それで構わんが、こちらとしてはもう一つ出すものがあるんじゃ」

「なんでしょうか？　今のコーヒー豆でも十分嬉しい悲鳴状態なんですが」

ガラス瓶入りインスタントコーヒーをテーブルへ出す。

「もっと手軽にコーヒーを飲めるものじゃ」

「これは……既に挽いてある豆ですか？　しかし随分と小さいような」

手に粉を出し確認するカルフェ。

「ものすごく細かく挽いた豆と思ってくれればいいかの。これはお湯を注ぐだけで完成するんじゃ。ほれこの通り」

言いながらカップにスプーンで粉を一杯入れ、湯を注いでかき混ぜる。

「なんてものを隠し持ってるんですか！」

カルフェ、今日一番の驚きのようじゃな。良い声が出とる。

「今日は初めて尽くしですね」

アディエは頬を朱に染めながらうっとりしておる。なんか艶っぽいのぅ。商談の席でする顔じゃないじゃろ。

「コーヒー豆を1万ランカ、粉コーヒーを1万ランカの計2万ランカじゃ」

「粉コーヒーは豆から抽出したものより香り、味ともに少し落ちますね。それでも今までの最高級品の遥か上を行きます」

「そうですね。カルフェの言う通りです。粉コーヒーは100ランカ18万でいかがでしょうか?」

驚きの価格設定じゃ。紅茶より単価が少し安いといえど、ものすごい取引額じゃぞ、これは。

「コーヒー豆1万ランカで2000万。粉コーヒーを同じく1万ランカで1800万。豆挽き一台100万。〆て3900万リルとなります」

「それで問題なしじゃ。こんな良い取引は気分がいいのぅ」

「では現物の確認作業にかかりますので出していただけますか?」

テーブルに全てを出し、カルフェの前に並べていく。

カルフェは一度部屋から出てすぐに戻ってくると、品質確認作業に入る。少しすると昨日の若い嬢ちゃんも部屋に入ってきた。カルフェの確認した豆を量りに載せ、こちらは重さの確認。

残りものでなんじゃが嬢ちゃんにもコーヒーを出すと驚かれた。一介の受付嬢がコーヒーを口にする機会なんてそうそうないんじゃと。

何もしてないのはアディエと儂だけじゃな。

「アサオさんは素敵な仕入れルートをお持ちですね」

「そうじゃな。秘密じゃが良い仕入れ先じゃ」

やはりネイサンのような馬鹿じゃないの。

カルフェたちの確認作業中に、この街とその近辺のことを少し聞いた。

「どちらも確かに1万ランカありました。マスター、代金をお願いします」

「分かりました。少々お待ちください」

席を立ち、出入り口の正面にある壁際（かべぎわ）の金庫へとアディエは歩く。

金庫から戻ると手に持った袋をテーブルへと置いた。

「こちらが代金になります。お確かめください」

「確かに受け取ったのじゃ」

儂は一切確認をせずにそれを【無限収納（インベントリ）】へ仕舞う。

「確認しなくていいんですか？」

「こんなことで誤魔化しはせんじゃろう？」

まぁ実際のトコロは【無限収納（インベントリ）】に入れた時点で確認できとるんじゃがな。

「それとこれはお返しするのじゃ」

白金貨一枚をテーブルに置く。

「これは」

「コーヒーミルの代金じゃ。自（みずか）ら高額提示してくれたこのギルドの心意気に感謝したくてのう。あれは無料提供ということにするのじゃ。あとこのドリップセットも付けるかの」

儂はにっこり微笑み、【無限収納(インベントリ)】から余りのドリップセットを出して白金貨の横に置く。

「そんな。代金ですから納めていただかないと。しかも別の品も下さるなんて」

「爺の見栄じゃよ。格好つけさせてくれんかの？」

アディエも渋々了承(りょうしょう)したらしく白金貨を受け取る。

その後残ったコーヒーを四人で味わい、少しだけ世間話をしてギルドをあとにすることにした。

全員飲み終わったコーヒーカップなどを仕舞うと、

「アサオさん、今日は良い取引をありがとうございました。また何かありましたら是非(ぜひ)当ギルドへいらしてください」

三人から頭を下げられた。なんかこそばゆいのぅ。

「こちらこそ良い取引じゃった。またの機会を楽しみにしとくのじゃ。ではまたの」

部屋を出るまで三人は頭を下げたままじゃった。

さて次は冒険者ギルドじゃな。こちらは気分良く終わったんじゃ。あっちもそうだとありがたいんじゃが、どうじゃろか。

《16 盗品貴族》

商業ギルドでの取引を無事に終え、神殿近くの木陰で一服。これからのことを考えると若干頭が痛かった。

貴族が素直にこちらの条件を呑むかのぅ。呑まんじゃろうなぁ。相手するの億劫じゃなぁ。肉の引き取りと素材買い取りだけで帰りたいのぅ。できんじゃろうなぁ。悩んだところでなるようにしかならんからのぅ。とりあえず臨機応変な対応ができるように心づもりだけはしとかんとな。

念の為《索敵》を発動させ、マップとリンクを済ませる。

「今のところ特にひっかかるモノはないのぅ」

茶を飲み干し、小さく呟いてそのまま冒険者ギルドへと足を向けた。

ギルドへ入り挨拶をすると、すぐさま執務室へ案内される。なんか連行みたいじゃな。どうにも嫌な予感しかせんわい。

執務室へ入るとゴルドと女性職員、男性職員が一人ずついた。

テーブルを挟んでゴルドの向かいに腰を下ろす。職員たちはゴルドの後ろに立ったままじゃ。

「アサオさん、二度も来させて悪かったな。あちらさんからの返事が来たぞ」

「ふむ。なんと言ってきたんじゃ？」

「一部だけ買い戻したいそうだ。これがそのリストだ」

ゴルドはそう言いながら二枚の紙を出してきた。

「一部？　全部買い戻さんのか」

「貴族といえども金を湯水のように使えるわけじゃないからな。どちらの貴族も、最優先のモノだけを買い戻したいんだとさ」

両方とも、とことん馬鹿な貴族ってわけじゃなさそうじゃな。リストを見ると魔道具は一切なく、宝飾品のみが書かれておった。

「どれも確かにあるのぅ。ただ書かれていることがおかしいんじゃ」

「ん？　何がだ？　リストを見たところ変なモノはなかったぜ」

儂はゴルドに二枚のリストを見せながら、気付いたことを説明していく。

「どちらにも同じような物が書かれているのはおかしくないんじゃよ。ただその数が問題なんじゃ。何点か手元にある数を超えておる」

「盗賊団がいくつか売り払っちまったからじゃねぇのか？」

「足が付きやすい宝石を売るかのぅ。闇ルートをしっかり持ってるような組織ならまだ分かるんじゃがな。それよりどちらかの貴族が嘘を吐いてる確率のほうが高いと思うんじゃよ」

「ならどうする？」

「全部が嘘でないからのぅ。不審なモノ以外は買い戻しを請けるかの」

「こっちはそれで構わん。全ての所有権がそっちに移ってるんだからな」

「出せるものはここに出して構わんのか？」

「あぁ、ここに頼む。大きいモノでないから大丈夫だろう。ファム、リア、すぐに鑑定してくれ」

ゴルドの後ろに控えていた二人は頷き、ゴルドの両脇に座る。

ダイヤモンドの指輪二つ、ルビーのネックレス一本、腕輪三個。これを男性職員ファムの前へ。

アクアマリンの指輪一つ、ダイヤモンドのネックレス、トパーズのネックレス、サファイアのネックレスがそれぞれ一本。これを女性職員リアの前へ。

それぞれをリストと共に渡す。

「あとは被って数が超えるからこれだけじゃな」

「これだけって言ったってかなりの額になるぞこりゃ。現物を前にすると迫力があるな」

ゴルドと話してる最中に、リアとファムはお互いの品とリストを交換していく。正確な鑑定をする為に二人でチェックしとるんじゃろ。

儂の鑑定は真贋は分かるが価格までは分からんからのぅ。まぁ食べ物の有毒、無毒が分かるだけでもかなり有り難いからいいんじゃがな。

「鑑定結果が出ました。どれも本物です。ダイヤモンドの指輪が載っているリストのほうが総額１３８０万リルになります」

「こちらのアクアマリンの指輪のほうのリストは１４２０万リルです」

ファムとリルの鑑定結果に驚きじゃ。やはり宝石類は高いのぅ。この世界フィロソフでも変わらんのじゃな。

「これを預かって貴族に買い戻し了承の通達を出す。買い戻しが終わったらギルドからあんたに報せを送る。その後、代金を渡すって流れになるがいいか？」

「大丈夫じゃ。報せはベルグ亭に頼む。今あそこに泊まっておるからの」

「いい宿に泊ってるじゃねぇか。あそこは飯も美味いからいいぜ」

「門番さんに聞いたんじゃよ。あと肉の引き取りと素材買い取りはどうなっとるんじゃ？」

「肉は倉庫で受け取ってくれ。伝票が来てるから買い取り代金はここで渡すよ」

ゴルドは金庫からお金を出し、席に戻ってくる。

「とりあえず内訳を伝えてからだな。レッドベアの素材が68万。フォレストウルフの素材が13万×２頭で26万、レッドラビの素材は８０００×３羽で２万４０００だ。解体費用の３万４０００を引いて総額93万リルになる。で、これがその代金だ」

テーブルに無造作に置かれた金貨入りの袋を受け取り、中身を確認。

「間違いないな。これであとは貴族待ちだけじゃな」

「あぁそうだ、一つだけ気になることがあったから聞きたいんだが、いいか？」

「なんじゃ？」

爺に聞くことなんてあるもんかのぅ。

「スールからフォスまでの道で、状態異常になってる魔物が何度も見つかったそうなんだ。何か知らないか？　アサオさんもスールから来たんだろ？」

「あぁそのことか。それなら儂が原因じゃな」

「は？　どういうことだ？」

「儂は補助、支援魔法が得意なんじゃよ。それでこうちょちょいっとな」

儂は指を振りながら笑みを浮かべて見せる。

「あの魔法でそんなことできるのか？　使えない魔法の見本市みたいなもんだろ？　だから最近は使うヤツがほぼいないんだ」

「状態異常は便利じゃよ？　とりあえずの束縛、暗闇、麻痺、各種ステータスダウン、毒などなどいろいろできるんじゃよ？」

「じゃあなんでそのまま放置したんだ？　狩れば金になるだろ」

「こちらに向かってくる奴だけ狩るからのぅ。基本はそのまま放置で逃げの一手じゃよ。別に金に困ってるわけでなし、こんな爺じゃからな。無理はせんよ」

『いのちだいじに』が最優先じゃからな。

「ん？　まずかったかの？」

「いや問題ないんだ。ただ若い奴らが狩りがしやすかったって喜んでたんだよ。それで原因が知りたくてな」

「納得してもらえたかの？」

「あぁ。ジャミで狩りをしてくる爺さんの話だからな。納得もするさ」

これはイマイチ納得しとらんな。

「試しに受けてみるか？」

指を振りながらゴルドへ笑顔を向ける。

「いや遠慮（えんりょ）する。とりあえずなすりつけ行為にならないように気を付けてくれよ」

「分かっとる。スールでやられたからな。犯人はギルドに引き渡してやったがの」

表情を消し、今までと違う冷たい笑みを浮かべる。

「そ、そうか。なら大丈夫だな」

ゴルドは全てを察してくれたようじゃな。

「他にはないかの？　なければもう倉庫に行くんじゃが」

「あぁ引き止めて悪かった。報せを待っててくれ」

その後、倉庫でレッドベアなどの肉を受け取り【無限収納（インベントリ）】へ。肉だけで30万ランカくらいはあった。小分けにしてくれてたのはありがたいことじゃ。これだけあれば肉に困ることはないじゃろ。

　あとは買い物でもして帰るかのぅ。

　大きい街なんじゃから何かあるじゃろ。

《 17 強盗貴族 》

　どっちの貴族も馬鹿なのか、それともどちらかだけが馬鹿なのか。判断が付かんのぅ。

　宿に戻らず適当に店を覗いてるんじゃが、冒険者ギルドを出てからずっと《索敵》の赤点が消えん。一定の距離を保っとるから素人ではないんじゃろうな。

　建物の蔭からが一人。目視できるのが一人。計二人に尾行されとる。これは冒険者ギルドの落ち度なのか、貴族の執念なのか。

　さてどちらを責めるべきなんじゃろか。

　そんなことを考えながら店内を物色する。減った物の補充がてらの街中散策くらいのつもりが、面倒なことになったのぅ。

「この麻袋を五〇枚もらえるかの？」

「はいよ。五〇枚で1万5000リルね。二枚おまけしといたげるよ」

「おぉ、ありがたいのぅ。これで丁度じゃな」

「毎度あり。爺ちゃんまた来てね」

「またの」

会計と会話を済ませ店を出る。宿屋へはあえて裏道で。

ここらでいいじゃろ。

「何か用があるんかの？」

振り返らずに声をかける。

「爺さん。盗品を全て出してくれるか？　持ってくるように頼まれてんだ」

振り返ると一人だけ男がいた。もう一つの赤点はどこじゃ？　おぉ、逆側に回り込んでるのか。

ここならこやつからは見えないじゃろ。

「《麻痺(パラライズ)》」

周囲に聞こえるかどうかの声で魔法を唱える。背後に辿(たど)り着く前に後ろの赤点は色を変えた。

「盗品返却はギルドを通すべきじゃろ？　しかも約束を違(たが)えるのか？」

「さっさと出してくれねぇか？　出さねぇなら出したくなるようにしなきゃなんねぇんだ。面倒だろ？　そんなこと」

腰の得物に手を掛けこちらを見下す男。腕に多少の覚えがあるんじゃろ。爺なら少し脅せば言うこと聞くと思ったんじゃな。

仕方ない。あまり長引かせるのも面倒じゃからな、片を付けるかの。

「そうじゃな。面倒事は嫌いじゃ。すぐに終わらせるべきじゃろ」

鞄を見せながらそう告げれば、あっけなく信じる男。爺相手に警戒する必要もないと思ったんじゃな。

「そうそう。素直に言うこと聞いてれば怪我もしないで済むんだ。爺さん利口だぜ」

「一つ聞いていいかのぅ。お前さん、雇い主のことは知っとるんか？」

「知ってるさ。常連客だからな」

「そうか。ならお前さんたちを捕まえれば辿りつけるんじゃな」

「おいおい爺さん。俺に勝つつもりなのか？　せっかく怪我しなくて済むはずだったのによ」

あぁやっぱり馬鹿じゃ。

「爺を畳むぞ！」

男が合図の大声を上げるが、反応はなし。

「おい！　早くしろ！」

続いて剣を抜き構えを取るが、遅い。

「《鈍足》」

「なっ！」

「《暗闇》」

「見えねぇ！　爺何しやがった！」

「ほれこれで終いじゃ。《麻痺》」

倒れ込む男を放置し、先に《麻痺》させた一人を拾いに行く。ふむ、こっちは女じゃったか。

面倒じゃ、抱き合わせて縛り付けて浮かすか。

「《束縛》《浮遊》」

人間風船の出来上がりじゃ。

さて、これを冒険者ギルドに連れて行って絞るとするかの。

「ゴルドはおるかの？」

冒険者ギルドに入るなりそう告げる。

「おります……が、どうな……さいましたか？」

「おぉ嬢ちゃんか、ゴルドをすぐに呼んでもらえるか？　アサオが呼んどると言えばすぐ来るじゃろ」

「た、ただいま呼んできます！」

にこりと笑いながら告げると、嬢ちゃんは駆け足で執務室へと消えていった。

「どうかしたのかアサオさん？　それはなんだ？」

現れるなり人間風船を指差して疑問を口にするゴルド。

「どうやら貴族が雇った奴らみたいじゃな。盗品を全て出せと言ってきたから捕まえたんじゃ。どうする？」

「ど、どうするって？」

「こやつらを問いたださんのか？　雇い主が分かるじゃろ」

少しだけ語気（ごき）を強めて言うてやる。

「待ってくれ。それは警備隊の仕事だ。うちのギルドの仕事じゃねぇんだ」

「そうか。なら先程渡した盗品を全て返すんじゃ。約束を破（やぶ）ったのはこやつらで、守らせなかったのはギルドじゃ。文句はあるまい？」

「いや、それは」

「文句はあるまい？」

再度圧力をかける。

「……執務室に来てくれ」

声を絞り出すゴルド。

「お前たちは今すぐ警備隊に連絡を。大至急で来てもらえ。あと今見たものは全て忘れろ、いいな」

ゴルドは受付にいた数人に指示を出すと、儂と一緒に執務室へと入った。

しばしの待ち時間、犯人を浮かせたまま一服していると、一〇分と経たずに警備隊が来た。

「警備隊長が直々にお出ましか」

部屋に入ってきた警備隊の姿を見たゴルドは、安堵の表情を見せる。

「お前が慌てて使いを寄越すんだ。それなりの案件ってことなんだろ？」

努めて明るく振る舞おうとしているのか、隊長と呼ばれた男は軽口で返しとる。

「あぁ、それなりなんてもんじゃねぇ」

「でその案件の相手がこの老人か？」

苦笑いを浮かべるゴルドと違い、男に正面から見据えられた。

「商人のアサオじゃ。よろしくの」

視線を外すことなく、手を上げて軽く名乗る。

「フォス警備隊隊長のジルクだ。その浮いてるのは何だ？」

「儂を襲った犯人じゃよ。貴族の差し金のな」

「ん？　アサオって盗賊団を捕縛した人じゃないか？　それで貴族がらみ？」

「そうじゃよ。盗品買い戻しに不満があった貴族が襲わせたみたいなんじゃ」

　さすがに状況は耳に入っとるか。形だけの隊長ではなさそうじゃ。

「買い戻し自体にも不審な点があったんじゃがな。まぁそれはいいんじゃ。こやつらは雇い主の貴族を知っとるそうじゃ。常連客とも言っておったからの。これがその証拠じゃ、《記録(レコード)》」

「貴族が常連客の襲撃犯とはな。こりゃ表に出せない案件だ」

　肩を竦(すく)めながら困惑気味な表情を浮かべたジルクは、傍に控えていた隊員に室外待機の指示を素早く出す。

　ゴルドはもう置物じゃな。

「これはジルクに相談なんじゃが、こやつらへの問いただしをここでやってもらえんか？　なあなあで済まされて、また襲われたんじゃたまらんからな」

「いや、見せていいものではないからダメだ」

「それでこの案件を闇に葬(ほうむ)られても困るんじゃよ。儂の見てる前で情報を吐かせて、そのまま貴族の所に出向く。それがダメなら、この街に絡む貴族をしらみ潰しに当たる覚悟なんじゃがな」

「やりすぎだろ。関係ない貴族が多すぎる。それにそんなことを認めたら――」

「なら今すぐ黒幕の貴族をここに連れてこれるかの？」

「いやそれは」

反対意見を出そうと声を荒らげるジルクの言葉を遮って、儂は言葉を続ける。

「無理じゃろ？　そうやって闇に葬られた案件が積み重なって今に至っておるんじゃ。盗品返却を全て断ってこの街から出る。それだけで儂は済む。襲われたら返り討ちにするしの。闇をこのままにするか？　潰すか？　どっちじゃ？」

「……俺がここで尋問する」

ジルクは腹を決めたようじゃな。置物ゴルドはどうじゃ？

「呑む以外ないだろ。完全にうちの落ち度だからな」

こっちも大丈夫じゃな。

「なら始めるかの。尋問の時間は一〇分もあればいいじゃろ。それを過ぎるようなら……儂も手を貸そうかの」

「一般市民にやらせるわけにはいかない。何としてでもこっちで吐かせる」

決意を口にしたジルクに促され、縛り上げたまま麻痺だけ治す。

執務室に誰も入れないよう《結界》を二重に張り、音漏れ防止の為に《沈黙》をその間に展開。

「喋るはずがねぇだろうが！」

麻痺を治した途端にこれじゃ。男のほう、威勢だけはいいのう。女は無言のままじゃな。

「ん？　お前、ダウドだな」

ゴルドは男の顔に見覚えがあったようじゃ。

「冒険者か？」

ジルクの問いに頷くゴルドは、女にも目星が付いたらしい。

「ってことは女はミンか。どっちもランクCだ」

「ランクCならこんな馬鹿なことしなくても暮らせるじゃねぇか」

ジルクは呆れたように二人を見ていた。

「まぁな。ただランクの割に妙に羽振りがいいから気になってたんだよ」

ダウドは儂らを睨んだまま、もう一切口を開かない。ミンは最初から無言のまま。

ジルク、ゴルドがそれぞれ話しかけるが一切反応なし。諭しにもなだめにも全くの無反応。

「説得も説教も効果なしで、持ち時間一〇分経過じゃ」

苦虫を噛み潰したかのような表情のジルクたち。

対してダウドたちの表情に変化はない。

「ジルクに質問なんじゃが、肉体的にも精神的にも責めないのはなんでじゃ？」

「万が一にも殺しちゃならんからだ」

至極真っ当な答えじゃな。

「ここからは儂も手を貸すが、答える気はないんじゃな？」

「答えるわけねぇだろうが！　バ～カ！」

　下卑(げび)た笑みを浮かべながらの罵倒(ばとう)を浴びせられるとはのぅ。これは、優(やさ)しくいかなくてもいいじゃろ。

「手加減するから死なんでくれよ？」

「え？　お、おい！」

「《結界(バリア)》《猛毒(ヴェノム)》」

　ジルクが動くより早く魔法は展開されていた。

　ダウドたちを《結界(バリア)》内に閉じ込めてからの猛毒。十分弱めたから致死性(ちしせい)ではない。ただまぁ、苦しいじゃろうな。

「おい！　やりすぎだ！」

　今度はゴルドか。

「《解毒(デトックス)》」

　二人の毒を治す。

「話す気になったかの？」

　優しく問いかける。ダウドも今までのように睨む余裕はなく、ぐったりしとるのぅ。

「まだ話さんか。仕方ないのぅ。素直に話せば怪我することもなかったろうに。利口にな

らんとな。《快癒》」

　これで二人は体力も完全回復。

「さてあと何度やれば話してくれるじゃろか」

「話します！　話させてください！」

　今まで無言だったミンが初めて声を出す。たった一度で降参か。

「雇い主は誰じゃ？　謀ろうとしても無駄じゃよ。儂には魔法があるからの。《真贋》」

「爺さん、そんな魔法まで使えるのか」

「魔法は少しばかり得意じゃからな」

　ジルクの驚きも無理はないじゃろ。《真贋》は習得の難しさや消費魔力の大きさが難点となっておって、それこそ裁判官や取調官のような職に就かなければ用がないからの。

「さて雇い主を話してくれんかの？」

「オーリー……オーリー・オズワルドだ」

「魔法に反応がないから本当なんじゃろな。そのオズワルドとは何者なんじゃ？」

　後ろで頭を抱えるジルクとゴルドに問いかける。

「この辺りを治める領主様だよ。よりによって子爵が黒幕か」

　引きつり、諦めたような笑みを浮かべるジルクが答えてくれた。

「居場所は分かっとるんじゃな。早速行くぞ」

「待てって。本気か？　領主の所へ乗り込むのか？」

今更怖気づくとかなんじゃ？　腹を括ったんじゃろ？　ゴルドは情けないのぅ。

「これだけ簡単にボロが出るんじゃ。他にもわんさか出るじゃろ。ジルク辺りはいくつか握っとるんじゃないか？」

「確かにいくつか掴んではいる。でも決定打がないんだよ」

「それなら今から乗り込んで、面と向かって聞いてみればいいだけじゃな」

男二人の襟首を掴み、執務室から出て行く。

引き摺られながらも扉付近に待機してた警備隊に捕縛の指示を出すあたり、ジルクはしっかりしとるのぅ。

さてさっさと幕引きせんとな。まだこの街の観光をしとらんのじゃから。

《18　黒幕貴族》

フォスの街中から一時間と歩かず目の前に現れた大邸宅。

「ここがオズワルド邸なんじゃな？」

ギルドを出る時こそ引き摺られた二人だったが、今ではしゃんとしておる。

「まさか領主様の屋敷に乗り込むことになるとはな」

「アサオさん、あんた魔法だけじゃねぇな。俺らを引き摺る腕力まであるとかオカシイだろ」

ジルクは困惑しつつも覚悟は決めとるようじゃな。対してゴルドはそれより儂のほうが気になるとは。余裕綽々なのか？　それとも現実逃避かの？　ステータスが天災級じゃから案外簡単なんじゃよ。ちょっと魔法が使える普通の爺だと思っとったんじゃろうな。売りさばいた魔物も魔法で狩った跡しかないからのぅ。

まぁ実際魔法しか使っとらんがな。

「手の内を全部バラすはずがないじゃろ。それより説明した通り《真贋》でシロ、クロ分けながら進むぞ。拘束だけして放置するから詳細は後じゃ」

「怪我させたり、殺したりするのはダメだからな。拘束したら俺が説明するから、それ以上手を出さないでくれよ？」

「大丈夫じゃよ。手筈通りにまずは全域《鈍足》」

屋敷全てを範囲に収めて展開。

「これで逃げられることはなくなったの」

「恐ろしいほどの広範囲魔法だな。それで疲れを微塵も感じさせないんなんて、一体何者なんだよ。王国筆頭魔導師だってこんな魔力持ってないぞ」

「もう俺は諦めたよ。アサオさんだから。そのひと言で済まそうぜ」

「盗賊の真似事なんてせずに正面から堂々と訪ねるぞ」

呆れと驚きの表情を見せる二人に構わず屋敷へ入る。

ギルマス、警備隊長と見ず知らずの爺。そんな不思議な来訪者にもオズワルド邸の執事（しつじ）たちはしっかりと応対しとった。

本来は約束もなしに訪れた客など追い返せばいいだけなんじゃがな。表向きは真っ当な貴族で領主なもんで、無体はできないんじゃろ。

「《真贋（オーゼン）》」

「お客様、どんな御用でしょうか？　主（あるじ）との面会のお約束は聞いておりませんが」

「オーリーの雇った冒険者に襲われての。そのことで話をしに来たんじゃ。この二人は証人じゃな」

「は？　何かの間違いでは？　主が雇う冒険者は採取や蒐集（しゅうしゅう）の為の指名依頼だけのはずですが」

「お前さんたちには、オーリー・オズワルドの犯罪に加担したかどうか聞くだけじゃ」

「は？　主の犯罪？」

「こっちの執事はシロ、あっちのメイドはクロじゃ」

今の受け答えだけで反応があるのか。メイドさんは答えてもおらんのじゃが、うそ発見機みたいに機能しとるんかの。

「冒険者が自供してな。それで俺ら二人が同行してるんだ。犯罪に加担した奴以外には一切手を出さないでもらえるとありがたい」

ジルクの説明でもイマイチ納得しとらんの。

「《記録(レコード)》」

儂が襲われたところを見せれば早いじゃろ。執事ならこれを見て理解しないほどの愚者(ぐしゃ)でもあるまいて。

「これでも納得できんかの？」

「これは……この冒険者が嘘を言っている可能性は」

信じられないといった表情のまま、執事はなんとか言葉を紡(つむ)ぎ出す。

「さっきから使ってる《真贋(オーゼン)》をこやつらにも使ったからの。それを見てたのがこの二人じゃ」

「協力してくれるか？　主にこれ以上悪事を重ねさせるのは気分がいいもんじゃないだろ」

ジルクは大きく頷きながら話しておった。ゴルドは頷くのみじゃがな。

「分かりました。ご協力します。主の目を覚まさせるのも執事の務(つと)めです」

執事にはそんな仕事まであるんか。まぁ先にここでやることやらんとな。

「《束縛(バインド)》」

騒がれても困るので《沈黙(サイレス)》付きで、クロのメイドを大人(おとな)しくさせる。

ごく一部の使用人のみが暗部に携わっていたようで、クロは一割もおらんかった。シロの使用人にクロの監視を頼み、執事と共にオーリーの私室へと向かった。

執事が扉を三度ノックして声をかける。

「オーリー様。ジルク様、ゴルド様がお見えですのでお連れいたしました」

「面会予定はなかったはずだが、まぁ良い。通してくれ」

「失礼いたします」

室内にはオーリー以外の人影はなし。マップにも反応なし。隣の部屋には反応あり。私兵を待機させとるんじゃろ。

「ギルドマスターと警備隊長がご一緒とは珍しいですな。いかがなされた？　あとそちらの方はどなたですかな？」

「お前さんの雇った冒険者に襲われたアサオじゃ。以後……はないので今だけよろしくな」

ジルク、ゴルドより先に返事をする。

早々に決着を付けて帰るとしよう。隣の部屋が今のひと言で真っ赤に染まったようじゃしな。

「何を言っているのか分からんのだが」

「《麻痺(パラライズ)》」

「何をする！」

「お前さんには何もしとらんじゃろ。隣の兵隊を無力化しただけじゃよ」

いきなり魔法を使われればそりゃ焦るじゃろうな。

「ギルドとの約束を無視し襲わせるとは馬鹿じゃな。素直に買い戻しだけしとけば良かったんじゃよ。そうすれば今までのように甘い汁も吸えたはずなのに」

「何のことか分からんな」

しらを切ってやり過ごすつもりか。浅はかじゃな。

「《記録》」

オーリーの眼前に証拠を映し出す。

「ちゃんと《真贋》でウラも取ってあるからの。これは立派な証拠じゃ」

「オーリー様。ご観念ください。今なら爵位と領地を失うだけで済みます。ご自身を清める時かと」

「あ、無理じゃ。ジルクのほうでもいろいろ掴んでおるそうじゃからな」

執事の説得を無駄にしてみる。

「貴様ぁ！　この無礼な爺を何とかせんか！　衛兵はどうした！」

「さっき無力化したと言ったじゃろが」

「他の兵はどうしたのだ！」

「皆アサオ様の《記録》を見ております。今ここに来る者はおりません。どうかご自身の罪を認めてください。これが最後の奉公です」

頭を下げながら最後の説得をする執事。これで聞くくらいならもっと前にやめとったじゃろ。

「儂はこんなとこで終わる器ではないわ！」

執事の懇願を聞かず、オーリーは背面の壁に飾られた剣を手にしようと駆け出す。

「遅いのぅ。《麻痺》」

が、声も出せずにその場で崩れ落ちる。そんな強めにかけとらんのじゃが。

傍に行き確認すると、白目を剥いて気絶しておった。

「よし。これで犯人確保じゃ」

「よし、じゃねぇよ！　やりすぎだろ！　碌に会話もしないで何してんだよ！」

もの凄い剣幕でジルクに詰め寄られた。

「面倒じゃったから……ダメかの？」

「ダメだよ！」

今度はゴルドに怒られた。可愛く言ってもダメなようじゃ。

「捕まえたあとはお前さんたちの仕事じゃろ？　このまま屋敷を調べればいくらでも証拠が出てくるんじゃからいいじゃろ。儂はもう帰りたいんじゃ」

「あぁもう何なんだよ！　疑惑の宝庫な領主を捕まえられたのは感謝する！　でもな」

「なら良しじゃ」

言質は取った。あとはズラかるだけじゃ。

「何かあれば協力してやるんじゃからいいじゃろ。じゃあ帰るぞ」

「おい！　まだ話は終わってねぇ！」

まだ叫んでいるジルクを無視して部屋を出て、屋敷を去る。

詰め所に顔を出してオズワルド邸への応援を頼み、儂自身は宿屋へ戻る。

こんな面倒事はもう終わりじゃ終わり。

今度からは盗賊から盗品をせしめても貴族への返却はせん。村人たちへの返却だけじゃ。

そう心に決めたのじゃった。

《**19**　甘いものが欲しいのじゃ》

オズワルドの一件が終わった翌日、儂は考えていた。

小麦粉があるからかりんとうでも作ろうかのぅ。若者向けのドーナツの作り方を教えたら、宿の料理人さんが作ってくれんかのぅ。

朝食も終わった今なら多少は手が空いてるじゃろう。そう思い調理場へ顔を出す。

主人にすぐ食べられるものを補充しておきたいからといろいろ料理を頼むと、快く引き受けてくれた。もちろん謝礼をしっかり払うと言ったからなんじゃろうがな。
【無限収納】から肉、キノコ、山菜、野草、野菜、醤油を出し、渡していく。出来上がりをそのまま受け取る為に鍋なども一緒に。

煮物、炒め物、汁物を頼み、本命のかりんとうを頼もうとしたら、砂糖がないことが発覚。そこそこ高級品らしく宿屋にはあまりないらしい。

街で仕入れをしてくる間に煮物と汁物を頼んでおいた。炒め物や焼き物は熱々を仕舞いたいからの。

商店で砂糖を無事購入。見たところ粒が粗く大きいものばかりだったので、すり鉢なども追加購入して宿に戻る。街には薬師もおるからの、すり鉢があって良かったわい。

かりんとう、ドーナツと油を沢山使うので油も追加で購入。砂糖ほど高くはないがこれもなかなかの高級品じゃった。小麦粉が村よりも少し安かったので追加で仕入れておいた。

調理場に戻ると煮物、汁物は完成していた。

鍋ごと【無限収納】に仕舞い、入れ替わりで小麦粉、砂糖、油をテーブルへ。

肉野菜炒め、ステーキなどを作ってもらってる間に仕込みじゃな。

物珍しさからなのか、料理する主人以外に、奥さん、子供二人も調理場にいた。主人のサポートをするほどの量でもないから見学じゃろうな。

お子様たち用にドーナツを先にしてもらうかの。型抜(かたぬ)きも楽しいじゃろ。

「嬢ちゃんたちも一緒にやってくれるかの？」

声をかけると嬉しそうに、

「「うん」」

と答えてくれた。素直な良い子たちじゃな。

「まずは砂糖を細かくしてくれるかの？」

「砂糖をですか？　そのままじゃダメなんですか？」

奥さんの疑問はもっともじゃろ。このまま使うのが普通じゃからな。

「粒が粗いからのぅ。もっと小さくしたいんじゃ。そのほうが美味しくなるからの」

すり鉢でごりごりとすりつぶしてくれる子供たち。何が楽しいのか分からんが笑っとる。

「さて作り方じゃが、小麦粉に卵、牛乳、砂糖を入れて混ぜ合わせる」

卵も牛乳も普通に売っておった。一応家畜(かちく)はおるようじゃ。

「混ざったら延(の)ばして型抜きじゃ」

小鉢とお猪口(ちょこ)くらいの器を出して手本を見せる。

「こうやって大きいので抜いたら、次は小さいので真ん中に穴を空(あ)けるんじゃ。できるかの？」

「うん、できる」

「じゃあお願いしようかの」

にこやか素直なお子様に破顔（はがん）してしまうわい。ドーナツが次々に型抜きされていき、二〇個は優（ゆう）に超えていた。

「そしたらこれを油で揚（あ）げるんじゃ」

「・・・あげる？　あげるってなんですか？」

揚げ物が出ない理由はそこじゃったか。揚げるという調理方法がそもそもなかったとはの。

「油で煮るって言えばいいんかのぅ。まぁ実際に見るのが早いじゃろ」

鍋に油を注ぎ火にかける。このくらいの量なら油は底から数センチあればいけるじゃろ。

「熱くなった油に今抜いた生地を入れるんじゃ。油がはねるから子供たちは下がるんじゃよ」

ジュワッと音を立て甘い香りが広がる。その音と香りに子供たちは目を輝かせ、大人は驚きの表情を浮かべている。

数分も揚げればこんがりきつね色。

「これに砂糖をまぶして完成じゃ」

砂糖をまとったきつね色ドーナツ。久しぶりに作ったが良い出来じゃな。

「さてみんなで食べてみようかの」

「いいんですか？　砂糖なんて高級品ですよ？」

「いいんじゃよ。みんなで食べたほうが美味いからの。それに食べたいじゃろ？」

「「うんたべたい！」」

子供は正直じゃ。

「じゃあ食べよう。熱いから気を付けるんじゃよ」

皆一様に、はふはふ言いながら顔を綻ばせる。

「「あまくておいしー」」

良い笑顔じゃ。子供は笑ってるのが一番じゃ。

「作り方は簡単なのに、これ美味しいですね。材料費はちょっと高いですけど」

単価が気になるのは主婦の性かと思い、苦笑してしまうわい。

「そう頻繁に食べるものでもないからいいじゃろ」

皆で試食しても余ったので、残りは【無限収納】へ仕舞う。もう少し食べたそうにしていた子供たちに、鈴ドーナツを残してあげた。

「さて次が本命じゃ」

「まだあるんですか？」

興味津々な奥さんじゃな。子供たちはドーナツに夢中じゃ。

「さっきのは若者向けでこっちは大人向けじゃな」

油の入った鍋を一度火から下ろし、仕込み開始。

「小麦粉、砂糖、水を混ぜてひと塊にしてしばらく置く」

隣で同じ手順を踏む主人。

「置いてる間に糖蜜を作るとするかの」

小鍋を手に取り材料を入れる。

「砂糖、水、醤油を火にかけて煮詰める」

焦げないように鍋を振り、かき混ぜる。

「置いといた生地を薄く伸ばして小指くらいの大きさに切る」

テーブルに打粉をしないとくっつくんじゃ。

「小さい棒にして角を丸めたらじっくり揚げる」

慌てず騒がずじっくりとじゃ。

「カリカリきつね色になったら糖蜜をからめて完成じゃ」

芳ばしい本体に甘塩っぱい糖蜜……最高じゃ。

「いい匂いですね」

「これには緑茶がよく合うんじゃ」

そう言いながらいつもの一服セットを取り出して準備をする。湯のみは夫婦の分も出して、お茶を注ぎ一服。その茶請けにかりんとう。

「どうじゃ？」

夫婦を見るとほっこりしていた。

「このほろ苦さと甘さがいいですね。美味しいです」

「「たべたいー」」

かりんとうも好評じゃな。

まぁ子供にはドーナツのほうがいいみたいじゃが。

「これもおいしいけどこっちだね」

「うん。こっちのほうがすき」

かりんとうを確保しつつドーナツに口に運ぶ。可愛いもんじゃな。

「あの、これを宿で売りに出してもいいでしょうか？　お礼はあまり出せませんが」

奥さんがおずおずと聞いてくる。

「ん？　構わんぞい。別に秘密の料理でもないしの。美味しいものが食べられるなら良いことじゃろ」

「お礼は売り上げの一割でいいでしょうか？　それとも前金でお支払いしたほうが」

「いらんのじゃ。と言っても気にするじゃろうから、ここに泊ってる間の水場の使用料免除でどうじゃ？」

「そんなことでいいのですか？　それだけじゃお礼にならないと思うんですが」

「儂がそれでいいと言っとるんじゃからいいんじゃよ」

「ならそれでお願いします。ありがとうございます」

頭を下げて礼を言う母親に釣られたのか、子供たちまで頭を下げてくれた。

「「ありがとうございます」」

いい一家じゃな。

思わず皆が笑顔になるのじゃった。

《 20 木材ダンジョン 》

翌日、ぶらぶら街を散策していると木工品の店を見つけた。質の良い木材が多く気になったので店主に聞いてみると、面白い話を聞けたのじゃ。フォスの街の近くにダンジョンがあり、木材の一大産地になってるらしい。

この世界には各地にダンジョンが点在するんじゃそうな。

地上での狩りと違い倒した魔物の死体は残らず、替わりに何かしらのドロップ品がもらえる。そこでドロップするものは一様に質が高く、売ればかなりの稼ぎになる。その為ダンジョン専門の冒険者までいるとのことじゃった。

主なドロップ品はダンジョン毎に違うそうでな、それによって呼び方が付くそうじゃ。

肉ダンジョン、木材ダンジョン、薬草ダンジョン、毛皮ダンジョン、魚介ダンジョン、鉱石ダンジョンなどなど。

で、このフォスの街近くにあるのは木材ダンジョン。それで高品質の木材が街に多数出回る。良い材料があるから腕の良い職人も集まる。商人は良質な木工品を仕入れ他の街へ売りに行く。

金、物、人が動けば、そのままその地域の発展へと繋がる。良い循環が出来とるのぅ。

儂もいろいろ作ってほしいモノがあるからのぅ。一つその木材ダンジョンに行ってみるか。

ダンジョンだったら冒険者ギルドの管轄じゃが、こと仕入れとなれば商業ギルドになるんじゃろか？　まぁどっちにも顔出せばいいじゃろ。フォスの街のギルドはどちらもダメじゃないからの。

まずは商業ギルドへと顔を出してみる。

「こんにちは。ちょいと近くまで来たから顔を出してみたんじゃ」

受付の嬢ちゃんへ声をかけると、すぐにカルフェが出てきた。

「アサオさんどうなさいましたか？　またコーヒーを売っていただけるんですか？」

目が輝いておるのぅ。商人の鑑じゃな。

「今日は違うんじゃ。木材ダンジョンに行こうかと思っての。ふらっと行っても入れるものか分からんから、ちょいと聞きに来たんじゃよ」

「ダンジョンですか。冒険者ギルドの管轄になりますのでこちらからは手が出せませんね。アサオさんは冒険者登録してますか？」

「してないんじゃ。強制依頼で拘束されるんじゃ自由に動けないからの。自由のない行商人ってなんじゃ？　って話じゃろ」

「あぁ確かにそうですね。この街までは冒険者に護衛を依頼されて来たんですか？」

「魔法が得意じゃから一人旅じゃよ。護衛の経費が浮けばその分儲けになるしの」

「経費を抑えるのは商人の基本ですからね」

カルフェも分かっとるようじゃな。無駄な経費は抑えて、払うべきところにしっかり払う。その基本を押さえておけばそう大きな失敗はせん。

「それで木材を仕入れにダンジョンへ行こうと思っての。仕入れなら商業ギルドの所管かと思ったんじゃが」

「残念ながらダンジョンは冒険者ギルドの管轄なんです。ドロップ品はこちらでも買取りしてますよ」

「なら冒険者ギルドに顔を出すのが一番じゃな。わざわざ時間を取らせて悪かったのぅ」

「いえいえ。またのお越しをお待ちしてます」

カルフェに見送られ商業ギルドを出ると、そのまま今度は冒険者ギルドに顔を出す。

「邪魔するぞい。ゴルドはおるかの？　アサオが来たと伝えてくれんか？」

ギルマスを名指しで呼び捨てにしてみる。先日の一件の時の受付の嬢ちゃんがいたので話が早かった。すぐに執務室へと案内される。

「おぉ、いらっしゃい。まだあの一件が片付かなくてな。警備隊ともども大変なんだ。どうも予想を遥かに超える規模みたいでな」

「木材ダンジョンに行きたいんじゃが、ゴルドが疲れきった顔をしとる。後始末頑張れ。まだ二日しか経ってないんじゃが、冒険者登録しないとならんのかの？」

「ダンジョン？　身分証さえあれば問題ないぞ。入る時と出る時に入り口の水晶にかざすんだ。万が一の時の為に、誰が入ってるか把握してないとダメだからな」

捜索や遺体発見の時の為じゃな。

「商業ギルドカードで良いんじゃな。なら安心して行けるのぅ」

「なるべくパーティで入ることを推奨してるんだがな……アサオさん、あんたはどうせ一人だろ？　強いのは分かってるが十分注意してくれよ」

「分かったのじゃ。『いのちだいじに』が基本方針じゃからの」

「良いモノがドロップしたらぜひ売ってくれよ」

「期待に添えるかは分からんのぅ。なにせ商人じゃからな」

にやりと笑ってみせると、ゴルドは両手を上げ肩を竦める。

「まぁ無事に帰ってきてくれ。あそこは初心者向けだから大丈夫だとは思うがな」

「あぁそうじゃ。ちなみに何階まであるんじゃ？」

「地下一三階だな。ボスを倒したら地上への転送陣が現れるから、それに入れば探索終わりだ」

「帰りは楽なんじゃな」

「転送陣はボスを倒すと必ず出るからな。これはどこのダンジョンも同じだ」

いいことを聞いたのぅ。そのうち他のダンジョンにもアタックしてみるかの。

「明日にでも行ってみるのじゃ。今日は邪魔したの。あの件で手伝いが必要なら、言ってくれれば来てやらんでもないからの」

部屋を出ながら声をかける。

「それって来る気がないヤツじゃねぇか」

背後で苦笑してるゴルドが目に浮かぶのぅ。

そのまま宿屋へと戻り、本日の外出は終了。

ダンジョンまでは徒歩で半日もあれば着くらしいので、明日朝に出発じゃな。

さて初ダンジョンはどんなもんじゃろな。

遠足前の子供のようにわくわくしてくるのじゃった。

《21 ダンジョン初潜り》

宿屋の主人に、ダンジョンへ行くのでしばらく留守にすると伝えて宿屋を出る。泊まっていない間も部屋はそのままにしておいてくれると言ってもらえたのは嬉しいのぅ。これでダンジョンから帰っても安心じゃ。また宿屋を探すのは面倒じゃからな。ドーナツとかりんとうはもう少し研究してから売りに出すそうじゃ。ダンジョン攻略から帰れば出来上がってたりするんじゃろうか。

街を出て街道を進むこと半日。

小さな村、いや集落のようなものが見えてくる。その先に結構な人だかりが出来ている場所を発見。あれがダンジョンの入り口なのかのぅ。

ドロップ品の運搬の為に街道まで整備されとるんじゃから、やはり一大産業なんじゃろう。

近付くと、入り口は綺麗な彫刻があしらわれた門のようになっておった。そりゃ街道の整備までするんじゃから入り口も綺麗にするわな。しかも木製の彫刻で、木材ダンジョンを主張しとるんかのぅ。

昼過ぎからダンジョンに入るのもなんじゃな。潜るのは明日からにして、今日は情報収集してのんびり英気を養うかの。

ダンジョン近くには宿屋、食事処にアイテムショップと、冒険に必要な店が立ち並んでおった。

宿を確保し、食事処でダンジョンのことをいろいろ聞いて回る。

浅い所を何度も周回する冒険者もいれば、何日もかけて最下層を目指す者もいる。その為、この辺りは野営する場所の他に宿屋なども充実していったんじゃと。

地下五階辺りまでに出てくる魔物は弱いモノばかりで、駆け出し冒険者パーティ向け。それ以降は初級者パーティで潜るのを推奨とのこと。

木材ダンジョンの通称に恥じないドロップ率らしく、ここで稼いで装備一式を新調する冒険者が多いそうじゃ。

ただ使い途のない樹液なんてものも落ちるので、全部が当たりというわけではなさそうじゃな。まぁ鑑定してみれば使えるかどうか分かるじゃろ。

どういった原理かは分からんが、ダンジョン内は外と同じ明るさだそうじゃ。外が昼なら明るく、夜なら暗い。雨などの天候には左右されないので、時間経過の把握に役立っているらしい。

あとダンジョン内では火魔法なら使っても良いが、純粋な火はご法度になっとるそうじゃ。まぁ酸欠になったら大変じゃからな。魔法はＭＰを消費して火に変換するので安全なのじゃな。樹木系魔物なら火に弱いのは明白で、使えないとなると大変じゃろうし。
臨時パーティなどの勧誘も宿屋、食事処でできるようになっとるんじゃと。前衛職、後衛職どちらも必要な上、アイテムボックス持ち、運搬系スキルを扱う専門職を雇って潜ることも珍しくないらしい。駆け出し冒険者に優しい作りじゃ。立ち回りを覚えるのにも役立っておるんじゃろうな。

さて情報収集はこれくらいじゃな。前情報は大事じゃが、いくら聞いたところで実際見なくちゃ始まらんからの。

一人でのんびり攻略すればいいじゃろ。食料も十分あるしのぅ。

翌日、朝食を済ませ早速ダンジョンの入り口に並ぶ。

周りは若い冒険者パーティばかり。さすがに目立つのぅ。

ほどなくして順番が来る。

受付の男性職員にまたもやパーティ推奨と言われたが、ソロ希望じゃからな。

ゴルドの名前を出したら効果があったようで、それからは他の冒険者との諍いに注意するようにと言われただけじゃった。

水晶にカードをかざし、そのままダンジョン内へ。

情報通りにダンジョン内は明るかった。マップを立ち上げたが表示されん。

「さすがに地下はダメなんじゃな」

《索敵》とリンクさせると、魔物などのいる方向と距離は分かった。

「これだけでも十分じゃろ」

あまり人や魔物のいない方向を選びながら進んでいく。トレインするのも嫌じゃが、割り込み扱いされるのも嫌じゃからな。

一時間と経たずに地下二階への階段を発見。この間一切の戦闘なし。宝箱も一切なし。全く疲れていないが念の為の一服をし、気持ちのリセット、リフレッシュ。

地下二階もなるべく人のいない方向へ進む。

スパイダー、ゴブリンなどを見かけたので肩慣らしに退治。ドロップ品は糸やこん棒。さすがに木材が蜘蛛から落ちることはないんじゃな。退治した魔物が消えてドロップ品だけ残るのは、何とも不思議な光景じゃった。

何度か戦闘を挟みつつ階段を探すこと二時間。

地下三階に到達。

一服し、気合いを入れ直す。

この階層からようやくトレント、プラントなどの植物系魔物が現れる。ヒト型をした歩く木のトレントに、ウツボカズラのようなプラントをさくさく魔法で退治しながら進み、ドロップ品も回収。

地下四階、五階も難（なん）なく踏破（とうは）し、目の前には地下六階への階段。

ダンジョン内が暗くなり出したので、地下六階へは下りずに野営することにした。

どうも階段付近は魔物が湧かない作りになっているようじゃ。他にも何箇所（なんかしょ）か安全地帯のようになっとる場所があったのぅ。あれは便利じゃが、何か意図があるんじゃろか？

戻ったらイスリールにでも聞いてみるかの。

食事、一服、身の回りのことを済ませて自分の周囲に《結界（バリア）》を展開。毛布に包まり、壁にもたれかかりながら寝ることにした。


寝ること数時間。

人の気配を感じて目を覚ます。

すると目の前にはナイフを片手に結界を叩く男がいた。マップにはしっかり赤点表示。

「《麻痺（パラライズ）》」

結界によりかかるように倒れる男。男に近付いてナイフを奪い、他の武器も一緒に取り上げる。

「寝込みを襲うとはの。強盗は場所も選ばんのか」

呆れながらも魔法を唱える。

「《束縛（バインド）》《結界（バリア）》《沈黙（サイレス）》」

麻痺だけ治して両手を拘束。更に両腕を胴体に拘束。話すこともできずに男は周囲を結界で覆われる。

「これでも付けて帰るんじゃな」

男の首に下げた板にはこう書いておいた。

『私は強盗です。無様にも返り討ちに遭いました。餌を与えないでください』

「その結界は地上までなら保つはずじゃ」

何か言いたそうに口をぱくぱくしとるが無駄じゃ。

「儂はまだ寝るんじゃ。ここまで一人で来れたんなら、帰りも一人で大丈夫じゃろ？　早よ行け」

それだけ言うとまた毛布に包まる。

次に目覚めた時、そこには誰もおらんかった。

「ダンジョンにも強盗がいるとはのぅ。魔物よりよっぽどタチが悪いわい」

目覚めの一服をしながら昨夜のことを思い出すのじゃった。

《 22　木材仕入れ――中層 》

「さぁ今日は地下六階からアタック再開じゃ」

昨夜の出来事を記憶から振り払うかのような、元気の良い独り言が思わず出たわい。

「ここからはドロップ品も期待できるじゃろ」

身支度を済ませて早速階段を下りるとすぐにトレント一〇体ほどの一団に遭遇(そうぐう)した。《氷針(アイスニードル)》で即座に退治。ドロップ品は全て樹液で、鑑定したところ「薄い甘さの樹液、食用可」と出た。

ん？　食用の樹液じゃと？

これは煮詰めればいけるじゃろ。街に戻ったら実験じゃな。

その後もトレントやプラントが現れては瞬殺の繰り返しじゃった。

プラントからも樹液がドロップし、こちらは「皮膚(ひふ)がかぶれる樹液、食用不可」との鑑定結果。これも捨てておちゃダメじゃろ。樹液はどちらも確保じゃな。

そうこうするうちに地下七階への階段に到着。腹ごしらえと小休止を挟んで階下に足を進める。

ここまでは、明るいこと以外は普通の洞窟だったのに、景色が一変しおった。

地下七階は平原じゃった。

所々に木々が生(は)えている至って普通の平原。ここがダンジョンだということを忘れるくらいの。

「景色まで変わるとはのぅ。一体全体ダンジョンとは何なんじゃろか」

そう思いつつもてくてく進む。

出現する魔物もラビ系とウルフ系が主になっていた。毛皮の他に肉がドロップするから、食料の心配が減るわい。

トレントやプラントも出たので、今度は《風刃(ウインドエッジ)》で退治。ドロップ品は丸太と蔓(つた)。今回は樹液のドロップがなかった。

夕方まで探索を続け、安全地帯を見つけて野営地とした。

身綺麗にし、食事をとり一服。

昼間のドロップ品を見ながら一考する。

《氷針(アイスニードル)》で攻撃した時は樹液のみドロップ。《風刃(ウインドエッジ)》の時は木材や蔓。

「こちらの攻撃の属性によってドロップ品が変わる傾向でもあるんかのぅ」

まだ試していないのは《石弾(ストーンバレット)》《火球(ファイアーボール)》《水砲(ウォーターガン)》。

「いろいろ試してみれば分かるじゃろ。これは明日の課題じゃな」

そう呟きながら毛布に包まり、樹に寄りかかると、いつも通り《結界(バリア)》で周囲を覆った。

「二晩続けての強盗は遠慮願いたいもんじゃ」

翌朝を無事に迎え、ほっとしながら茶を一服。今日も無理せずのんびり行こうかの。何を急ぐでもなし、食料もまだまだある。

ならゆっくり狩りと探索じゃな。

《索敵》を頼りに冒険者のいない場所を選びながらてくてく。数は減ったが、まだパーティは散見する。面倒事に巻き込まれないよう、近付かないのが一番じゃ。それでも十分狩りはできるんじゃからの。

周囲を確認しつつ赤点が集まる場所を目指す。ホワイトラビ、グレイウルフを《石弾》でさくっと退治。こやつらは攻撃属性を変えても、相変わらずの肉ドロップ。トレント、プラントにも《石弾》を見舞う。こちらは樹皮、丸太と蔓。

少しすると階段が見えたのでそのまま下りる。

地下八階は森じゃった。

「ふむ。野原の次が森になるんか。どんどん奥に進む感じで下るんじゃろか?」

そんなことを考えているとブブブブブッと振動音が聞こえてくる。

音のほうへ視線を向けると、樹に何かが密集しておる。根元にある大きな洞を守るように集まるそれは、大きな蜂じゃった。

「ずいぶん大きな蜂じゃな。あの数で襲われたらパーティが壊滅するんじゃないかのぅ」

一匹一匹はランクE相当の蜂でも、集団で襲うことを考慮されランクはC扱い。はぐれは別にして、群れから引き離して一匹ずつ狩るのは到底不可能。

「蜂蜜落としてくれるかもしれんから狩ってみるかの」

群れに《濃霧》をかけ視界を奪う。そこにたたき込むのは《火球》の雨あられ。

「初級魔法は連射が醍醐味じゃのぅ」

にこやかに雨あられ。

しばらく後、《索敵》に反応する赤点はなし。

霧が晴れると、そこにはドロップ品が所狭しと落ちていた。針、翅、複眼、蜂蜜とさまざまな蜂素材。

「おぉ、蜂蜜じゃ。嬉しいのぅ。木材、樹液に続いて蜂蜜まで落ちるとは、いいダンジョンじゃ」

思わず笑顔でほくほくの儂。その後地下九階への階段を探しながらも蜂を優先して狩り、蜂蜜回収に勤しむ。【無限収納】内の蜂蜜が三桁になるかというところで、階段を発見した。

昼休憩にパンの蜂蜜がけと緑茶をいただく。

「美味しい蜂蜜じゃ。これはもっと欲しいのぅ」

ダンジョン内の魔物は時間経過で再度発生する。絶滅することはない。となれば狩り放題じゃな。

地下九階へ下りるとやはり森。八階よりも葉色が濃く、樹々の密度も少し高い。

早速見つけたトレント、プラントに《火球（ファイアーボール）》を試すと、ドロップ品は木炭。《水砲（ウォーターガン）》で倒せば樹液じゃった。

「これはある程度狙えそうじゃな」

風魔法だと丸太。火魔法だと炭。土魔法だと丸太、樹皮。水、氷魔法だと樹液。

「物理攻撃は分からんが、魔法はこの法則が当たりじゃろ」

【無限収納（インベントリ）】の在庫数を見ながらドロップ品を狙い撃ち。満遍（まんべん）なく回収しながらのんびり地下一〇階を目指す。

途中で安全地帯を見つけ、一晩明かすことにした。

翌朝から苦戦することもなく、下り階段を見つけて階下へ。

一〇階を探索し、日が暮れ始めた頃には、炭、樹液、丸太、樹皮のどれもが三桁を超えていた。

そろそろ休める安全地帯が欲しいのぅ。そんな時、目の前に大きな扉が見えてきた。

扉の前には冒険者が一〇人ほど。気配に気付いたのか何人かがこちらを振り返る。

「ここまで一人で来るとはすごいですね。高ランク冒険者ですか？」

「いや、商人じゃよ。木材仕入れに潜っただけじゃ」

商業ギルドカードをちらりと見せながら青年に答える。

「え？　商人でソロアタックなんてできるものなんですか？」

「魔法が得意じゃからな。ところでこの扉はなんなんじゃ？　ボスはまだ先じゃろ？」

「ここは中ボス部屋ですね。今は順番待ちで、お爺さんもやるなら僕たちの後になりますよ」

そう話していると、扉がギギギと重そうな音を立てながら開く。

「あ、先のパーティが終わったみたいです。扉が閉まっている時は誰かが戦っているんです。で、次のパーティが入ったら中から閉める。その繰り返しですね」

四人組が扉の中に入り、全員の姿が消えると、扉はまた音を立てて閉まっていった。

「最下層のボス部屋も同じ作りになっとるんか？」

「えぇ同じですよ。って最下層までソロで行く気ですか？」

「せっかくここまで来たからのぅ。行ってみるつもりじゃよ」

「無理して死んだら元も子もないですよ？」

心配してくれるとは、良い子じゃな。

「無理はせんよ。『いのちだいじに』がモットーじゃからな」

「ならいいですけど。僕たちは次入ります。あぁそうだ。中ボスを倒した時も地上への転送陣が出ますから、無理しないで使ってくださいね」

「それはいいこと聞いたのぅ。ありがとじゃ」

「いえいえ、では行ってきますね。また地上で会いましょう」

話し終わるとまた扉が開いて、青年を含む五人が入っていき、残るは儂のみ。

今の感じじゃとそう時間がかかるもんでもなさそうじゃな。中ボス倒して地下一一階で野営にすればいいじゃろ。


おにぎりで小腹を満たしていると扉が開いた。

「さてどんな魔物が中ボスなんじゃろな」

部屋に入り扉を閉める。

中ボス部屋は小さな野球場ほどの大きさがあり、周囲も天井も草木で覆われたドーム型をしていおった。

少し待つとトレントが五体、プラントが五体、ホワイトラビ三羽にグレイウルフ四頭が湧く。

「ん？　これだけなのか？」

そう呟くと、即座に対処して討伐完了。

そう呟くと、先程より少し大きなトレントが三体現れる。《火球》三発で木炭完成。

「終わりじゃなかろう？」

天井からがさがさと音がし、そちらを見れば大きなトレントとプラントが降ってくる。

「湧かずに降ってくる植物とは驚きじゃゃ」

地上に着く前にプラントを《風刃》で切り刻む。

その間に、トレントは落下の衝撃から身を立て直そうとしておる。

「自分で落ちてきたのに硬直時間があるとは意味ないのぅ」

《石弾》で幹――胴体の部分に風穴を空けていく。

「さすがにこれで終いじゃろ」

ドロップ品を回収すると、入ってきたものとは別の扉が奥に出現する。

扉の先には転送陣と下り階段があった。

何の迷いもなく階段を選び下る。地下一一階に降りた先は安全地帯じゃった。

そこには先に中ボスを突破した青年たちがおった。

「お爺さんも無事に突破したんですね。怪我もなさそうですし、お強いですね」

「魔法でちょいちょいっとな」

「僕たちは休憩を終えたんで、先に行きますね」

「儂はここで一晩明かすつもりじゃ。また地上での」

会話を終えると青年パーティは暗がりに消えていった。

その後食事と一服を済ませ、いつもの如く結界に覆われて毛布に包まると、大樹の根元に寄り添って睡魔に身を任せる。

ほどなくして意識を手放し、そのまま深い眠りに落ちていくのじゃった。

《23　木材仕入れ――下層》

「ダンジョンをしっかり楽しんだし、仕入れた木材も十分じゃ。今日明日にでもボスを倒して、地上に帰りたいのぅ」

目覚めの一服をしながら、何の気なしに呟いておった。

ダンジョンの中とはいえ、周りが森なので閉塞感や圧迫感は一切なし。適度な運動に、美味しい食事もあるから快適なんじゃが、数日の野営で気付いたことが一つあったんじゃ。

野営といえども布団が欲しい。

結界の中にいるから身の危険はないんじゃ。でも毛布に包まるだけで寝床は地面、樹、壁なのがちょっとな。

街に帰ったら布団一式買ってやるのじゃ。もしくはベッドごと持ち歩いてもいいかもしれん。【無限収納】に入れればいいだけじゃからな。

固く心に決めたあとで食事と一服。

食料もまだまだ【無限収納】にたくさんある。ダンジョン内で栄養バランスを気遣える余裕があるほどに。

一一階の魔物は、今までよりは歯ごたえがあった。

今までのモノの上位種らしきエルダートレント、オークロット、イビルプラントと出てくる。ドロップ品の木材も、より高品質のモノに切り替わっておった。

更に森の奥へ進んだからなのかラビ系の姿はなし。ウルフ系も上位種になったようでキラーウルフじゃった。が、今までのような集団行動でなく一匹狼なので更に苦労しない。個のステータス、危険度は上がるが、波状攻撃のほうが脅威だと思うんじゃがのぅ。狼は集団での狩りこそ本領で脅威なんじゃが……まぁ毛皮を貰えたから文句はないがの。

この階層にはほとんど冒険者の反応がない。

昨日会った青年のパーティと、あといくつかくらいじゃな。

一〇階までで帰還するのが一般的なんじゃろ。それで十分稼げるならそのほうが無難じゃな。

おにぎりと串焼きで昼ごはんを済ませ、少し歩けば地下一二階への階段の前に着く。

体力もまだまだ残っているのでてくてく下りる。

ここでは一一階でも出た魔物に上位種の昆虫系が混じり出しおった。

シザーマーダー、スティングマーダーなどのでっかいハサミムシ。ライノモス、ルーンモスなどの蝶……いや蛾。ドロップ品もハサミ、針、甲殻、りんぷん、翅といろいろじゃった。虫嫌いでもないんじゃがな、さすがに1メートルくらいある蛾などは好きになれん。

何度か虫たちを退治していると日が暮れる。

丁度近くに安全地帯を見つけてひと休み。他に人影はない。上の階で追い抜いたらしい。

「今日はこのままここで野営じゃな」

周囲を見渡し、《索敵（レコナ）》で確認。少し大きめに《結界（バリア）》を張りながらひとりごちる。

「明日の為に今日は少し豪勢（ごうせい）にいこうかの」

そう言いながら【無限収納（インベントリ）】からごはん、汁物、熊ステーキ、サラダと次々出して並べていく。辺りに広がる良い匂い。熊ステーキには醤油ベースのソースがかかっておった。

「ダンジョンとは思えん食事じゃな」

自分にツッコミをいれながらも満面の笑みで頬張（ほおば）る。全てを平（たい）らげ器を仕舞い、のんびりと一服。

「食後はやはり緑茶に限るのぅ」

ゆっくりと時間は過ぎ、夜が更けていく。

翌朝の目覚めはすっきりじゃった。

「今日攻略して帰るんじゃ」

すこぶる元気じゃ。

宣言通りに帰るべく朝からてくてく。てくてくと言いながらも歩く速さは昨日の倍は出ておる。特に身体強化の魔法をかけていないにもかかわらず。

出遭った魔物をさくさく退治して先を急ぐ。三〇分も経たずに最下層への階段を下っていた。

さすが最下層。出てくる魔物は更に難敵になっておる。

怪力のマーダーベア、エルダートレントが更に大きくなった霊木、状態異常スキル満載のフローラルプラント。

すこぶる元気な儂の前では無力じゃったがな。

すれ違うどころか、現れたと同時にその姿をドロップ品に変えてやった。毛皮、肉、爪、より硬く密度の高い丸太、しなやかな蔓、各種花粉、樹液。

すれ違いざまなのは魔物討伐ではなく、ドロップ品回収がそれじゃった。

度々現れる魔物をものともせず、速さを維持したまま進んだ為、昼前にボス部屋に辿り着いた。扉が開いているので、中には誰もおらんということじゃな。

「急ぎすぎたかの？　いや街でやることがあるんじゃや、問題ないじゃろ」

喉を潤す小休止だけ挟んでボス部屋に歩を進める。

「中ボス部屋と同じ作りなんじゃな。まさか出方まで同じじゃないじゃろな？」

扉を閉めて中ほどまで進む。

全方位、天井までを草木で覆われた室内。

正面の木々がガサガサ音を立てるとキラーウルフ三頭、グレイウルフ六頭が現れる。見えておらんが、その後ろにマーダーベアが一頭控えているのを《索敵（レコナ）》が知らせておる。キラーウルフを小隊長としての狼波状攻撃。キラー一頭、グレイ二頭の小隊が三つ形成された。小隊毎に牽制（けんせい）、足止め、攻撃の役割を分担するようじゃ。

「これぞ狼の狩りの正しい姿じゃな」

頷きながらも手を緩めない。

全ての攻撃をものともせずに《風刃（ウインドエッジ）》と《氷針（アイスニードル）》の乱射でなぎ払う。ウルフ隊の始末が終わるとマーダーベアが勢い良く飛び出してくる。

手下で弱らせてから大将格でとどめということかの。

「流れとしては悪くないがの」

飛び出したマーダーベアの目の前には《火球（ファイアーボール）》の弾幕（だんまく）が張られておる。

「甘かったようじゃ」

何もできずその身を燃やすマーダーベア。

「さぁ次じゃ」

その声を聞いたのか、天井から魔物が降ってくる。

エルダートレント、オークロット、霊木、フローラルプラントが襲いかかってきた。

「一つ皆と同じ流れじゃ読まれるんじゃぞ—

落下後の硬直時間を見逃す儂ではない。《水砲》、《石弾》でその胴体に風穴を開ける。

「今度はどこじゃ？　地面の中か？」

予想通り地中から巨霊木が現れる。名前の通りその姿を数倍にした巨大な霊木じゃ。

しかし今回はそれだけではなかった。

背後から巨人樹。左右からは無数の蔓が絡まり塊となった魔物、ロードヴァインが姿を見せる。

「これで初心者ダンジョンは詐欺じゃろ」

巨霊木、巨人樹は見た目通り動きは遅い。だがその巨体から繰り出される一撃は岩をも砕く。二体は地面のあちこちに穴を開けながら絶え間なくこちらを狙ってきおる。

その隙を埋めるかの如くロードヴァインが蔓を伸ばす。様々な毒を分泌する蔓での牽制と足止め役じゃな。

「良いパーティじゃ」

牽制部隊のロードヴァインを蔓ごと《風刃》で刻んで黙らせる。

巨人樹の拳をかわして懐へ潜りこみ、近距離から《石弾》を連射。

振り向きざまに駆け出し、巨霊木の伸ばした腕を足場に駆け上がる。頭を飛び越え、空中に身を投げ出して振り返り――

「これで終いじゃ」

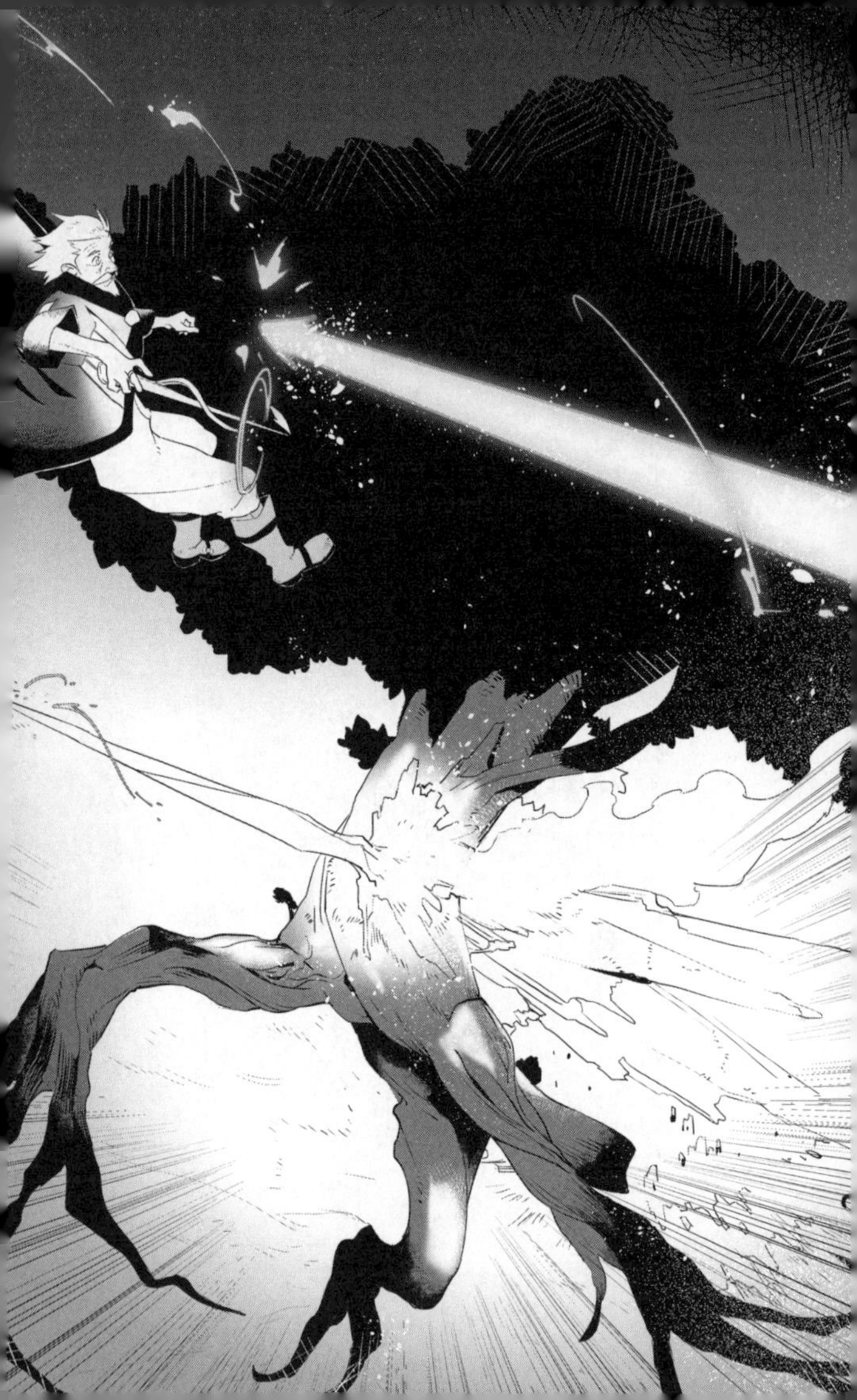

こちらを追いかけて腕を伸ばす巨霊木の頭に《氷針》を突き刺す。

伸ばした腕がゆっくりと地面に落ち、本体も力なく倒れていく。

「なかなかの歯ごたえじゃったな」

満足して周囲を見渡せば、ロードヴァインはその身を大量の蔓に、巨人樹は大人数人でやっとひと回りできるほどの丸太に、巨霊木は霊木の枝数十本と巨霊木の杖に、その姿を変えていた。

「さすがボスじゃ。良いモノを貰えたわい」

ドロップ品の回収を終えると扉が現れる。

中に入ると、一つだけ宝箱があった。

鑑定に罠の反応もなかったので開けてみる。

「出口間際（まぎわ）の宝箱に罠、なんて古典的仕掛けはなしか」

中には腕輪が一つ。

《鑑定（エヴァルア）》結果がこうじゃ。

【名　前】神樹（しんじゅ）の腕輪

【効　果】破壊不可。装備者は植物系、昆虫系の魔物に攻撃されない。反撃はされる。

こんな物も拾えるんじゃな。戦闘回避（かいひ）できるとはありがたいのぅ。機会があれば別のダンジョンにも潜ってみるかの。似たような装備品が拾えるかもしれん。

腕輪を仕舞うと転送陣が現れる。陣の中に入ると周囲が光に包まれた。ふわっと浮いた感覚の後、そこはダンジョンの入り口じゃった。

「あれ？　そこから出てくるってことは最下層まで踏破したんですね。ソロでの踏破者なんて数年ぶりですよ」

受付職員が驚きながら出迎える。

「なんとかクリアできたわい」

そう言いながら水晶にカードをかざし、ダンジョンからの退出を記録する。

「おめでとうございます。また来てくださいね」

にこやかに再訪を願うとはの。ダンジョンの活性化は街の発展にも役立つからのぅ。なかなか教育されとるようじゃ。

「気が向いたらの」

手を上げて、そのまま街道へ足を進める。

「今から帰れば夕方には宿に戻れるじゃろ」

ボス戦直後のはずなのに、足取りは軽いのじゃった。

《 24 街に帰る 》

フォスの街に無事到着。時刻は夕方前。

気が急いて足まで速くなるとは、儂もまだまだ青いのぅ。

宿屋に帰る前にゴルドのとこに顔出ししとくか。

そう思い、冒険者ギルドへ足を運ぶ。

「こんにちは。ゴルドはおるかの？」

毎度おなじみの嬢ちゃんが執務室へ案内してくれた。顔パスでギルマスに案内されとるの。

室内に入れば、先日より幾分マシな表情になったゴルドがおった。

「ゴルド、ダンジョンから戻ったぞ」

「おぉ、おかえり。無事なようでなによりだ。こっちの件はもう少しだな。どうやら中央の手に預けることになりそうだ」

国の直轄案件になるのか。相当やらかしてたんじゃな領主様は。

「そんなことより聞きたいんじゃ。木材ダンジョンは初心者向けじゃなかったんか？」

「初心者向けの簡単なダンジョンに違いないぞ？　何かあったか？」

「最下層のボスなんじゃが、最初にキラーウルフの一団。その次がエルダートレント隊。

最後に巨霊木、巨人樹、ロードヴァインのパーティと出てきたぞ。あれは初心者では対応できんじゃろ」

難易度にそぐわないボス編成だったので気になってたんじゃ。

「は？　三段構えのボス戦？　ボスはエルダートレントとオークロットが数体ずつって報告しか来てないんだが……」

「そんな簡単なのか？」

ふむ、理由は分からんが特別扱いされたんじゃな。

ダンジョンに意思でもあるんかの？　あったら面白いんじゃが。

「いや、初心者ダンジョンだからこんなもんだろ。巨霊木なんてランクAのパーティ指定だぞ」

「なら中ボスの三連戦から特別だったんじゃろな」

「中ボスから？」

「トレント隊、少し大きいトレント隊、大きいトレント隊の順番じゃったな」

「それもこれまでの報告と違うな。中ボスはトレント、プラントにグレイウルフが数体くらいだ」

やはり違うのぅ。先に入ったパーティが短時間だったのはそのせいか。

「儂だけダンジョンに特別視されたんかのぅ」

笑いながら冗談めかして言うと、しかめっ面なゴルド。

「いや笑い事じゃねぇんだが。ダンジョン難易度の見直しが必要なレベルだぜ」

「儂以外に報告がないなら注意のみで平気じゃろ。中ボスで連戦だったら引き返すことを徹底させればいいんじゃからの」

「んー。それしかねぇか。報告事例として他所のギルドにも通達しとく。ボス戦の証拠に何か買い取りできないか？　ドロップ品と併せての告知なら納得するだろ」

「それだと馬鹿が我先にと押し寄せるんじゃないんか？」

欲に目が眩んだ者の末路は、得てして似たようなもんじゃからな。

「そこは自己責任だろ。ギルドは子供の世話してる慈善団体じゃないからな」

おぉ、真面目に考えとるんじゃな。小心者ギルマスなだけじゃなかったとはの。評価を変えてやらねばならんのぅ。

「巨人樹の丸太、霊木の枝、ロードヴァインの蔓あたりは売って構わんぞ」

「ロードヴァインの蔓で頼む。値段的にもサイズ的にも丁度いいはずだ」

【無限収納】から蔓を数本取り出し、ゴルドに手渡す。

「鑑定と査定はこっちでやって、明日代金を渡すのでいいか？」

「それで問題なしじゃ」

「他のドロップ品も買い取りできるがどうする？」

「そっちは商業ギルドの後じゃな。儂は商人じゃからあっちを優先じゃ」

「そうか。余り物でいいからこっちにも売ってもらえるとありがたい」

「分かったわい」

そうして冒険者ギルドへの報告を済ませると、続けて商業ギルドへと足を運ぶ。

「アディエかカルフェはおるかの？　アサオが来たと伝えてもらえれば分かると思うんじゃが」

ギルドに入り受付に話していると、カルフェが姿を見せる。

「アサオさん、おかえりなさい。ダンジョンはどうでしたか？」

「その報告がてらに寄ったんじゃ」

「そうでしたか。ギルマスは執務室にいますのでご一緒します」

カルフェと共に執務室へ向かう。

「マスター、アサオさんをお連れしました」

「まぁアサオさんですか。どうぞお入りください」

嬉しそうなアディエの声。歓迎されるのは悪い気分じゃないのぅ。

「ダンジョンから帰ってきたんじゃ。その報告とドロップ品の売却を頼もうかと思っての」

「冒険者ギルドでなくていいんですか？」

一応あちらの顔を立てることを忘れんのじゃな。感心感心。

「ゴルドには話を通してあるから大丈夫じゃよ」

「でしたら買い取りたいですね」

「結構な量があるんじゃがどうする？　なかなかレアなものもあるからの。そっちを優先しとくか？」

「そうですね。数が欲しいモノもありますがレアモノ優先で検討したいです」

　現物を見せられるモノは【無限収納（インベントリ）】から取り出してテーブルへ置き、丸太のように出せないモノはリストに書き出す。毛皮、蔓、炭、花粉などがテーブルに所狭しと並んでいく。

「すごいですね、これは。ドロップ品買付担当がいませんから、私が兼任（けんにん）しましょうか？」

　カルフェはコーヒー担当じゃからな。

「そうですね。カルフェ、お願いします。これはかなりの高額取引になりそうですから、大金を動かし慣れた貴方（あなた）が適任でしょう。何より貴方の鑑定眼は信頼できますからね」

　まぁアディエの言う通りじゃろな。商人が仕入れの為に直接ダンジョンへ行くはずないからの。巡り巡ってギルドに来ても、それは一般流通品扱いじゃろう。

「明日また来るから、その時に買うものを教えてくれんか？　代金は後日でも構わんからな。あと若い木工職人を紹介してほしいんじゃ。少し頼みたいことがあっての」

「分かりました。明日お待ちしてます。職人も何人か紹介できるように準備しておきますね」

「頼んだのじゃ」

アディエにそう告げて部屋から出る。

あ、毛皮とか出しっぱじゃ。まぁアディエたちならあのまま預けても問題ないじゃろ。

受付の嬢ちゃんに軽く挨拶をしてギルドからも出ると、向かうは宿屋ベルグ亭。

「ただいま帰ったのじゃ」

「おかえりなさいアサオさん。ご無事で何よりです。食事までまだ少しありますから部屋で休んでください」

おかみさんが優しく出迎えてくれた。カルフェの時も思ったが、いいもんじゃな。おかえりなさいって言ってもらえるのは。

出かける前と同じ部屋に入ると、帰ってきたことを実感する。

「少しのんびりしてから水浴びでもするかの」

自分に《清浄（クリーン）》をかけてから一服。

その後水場で湯を浴び、気分もさっぱり。

調理場に顔を出して土産（みやげ）のラビ肉を渡し、また部屋へ。

晩飯は豪華（ごうか）じゃった。

「いろいろやってみたいこと、やってもらいたいことがあるからの。また街でのんびりじゃ」

ダンジョンアタックとは違う楽しみ。それに思いを馳(は)せるのじゃった。

《 25 ダンジョンリザルト 》

のんびり朝を迎え、食堂へ顔を出す。

「横になって休めるのはやっぱりいいのぅ」

朝食をとりながらしみじみこぼす。

「非常識と言われようが、布団を一式買って持ち歩くべきじゃな」

幸い《結界(バリア)》があれば周囲を警戒する必要がないからの。なら安眠に重きを置いても問題ないじゃろ。

食堂でそのまま一服も済まし、おでかけじゃ。

まずは冒険者ギルドへ。受付の嬢ちゃんに挨拶すると、話が通っていたのかそのまま執務室へ通される。

「ゴルド、おはようさん。どんな塩梅(あんばい)じゃ？」

「ロードヴァインの蔓は一本12万で買い取りだな。あと霊木の枝も何振りか見本にしたいんだが、いいか？」

「かまわんぞ。いくつ欲しいんじゃ？」

「三振りもあればいいだろ。あれは枝と言っても俺の腕くらいの太さはあるからな。ロードの蔓も二本追加してもらえるか？」

「うむ。ならこれでいいじゃろ」

言われた品をテーブルに並べ、ゴルドに確認を促す。

「やっぱいいモンだな。枝は一振り16万。蔓三本、枝三振りで合わせて84万リルの買い取りになる」

「それで問題なしじゃよ。また商業ギルドの残りを持ち込むからの。明日以降に顔を出すから、よろしくの」

「あぁそれで頼む。これが代金だ。いい取引をありがとな」

ゴルドから金貨入りの袋を手渡される。

「それじゃまた来るからの」

「あぁまた頼む」

取引を終え、ギルドをあとにする。

その日のうちに、ダンジョンに関する新たな通知がギルドに掲示されたようじゃ。見本の蔓と枝と一緒に。

次に向かうは商業ギルド。昨日のリストと見本で買い取る物の目星は付いたじゃろ。

「おはようさん。カルフェはおるかの？　アサオが来たと……」

「アサオさんおはようございます。お待ちしてました。マスターの所へ行きましょう」

嬢ちゃんに話しかけていたら、声を聞きつけたカルフェが出てきた。

挨拶にかぶせてくるとはウキウキしとるんかの？

「マスター、アサオさんがいらっしゃいました」

「どうぞお入りください。早速取引の話をしましょう」

執務室に入ると、アディエも乗り気じゃった。見た目は変わらんが前のめりな感じがするんじゃよ。

執務室の中でキラキラと目を輝かせる商業ギルドの二人。

「買い取りする物は決まったんじゃな？」

「こちらがその品名リストです。横は予定購入数です。木材は現物を見てからになりますが、おおよその単価を出してます」

リストを渡され、【無限収納(インベントリ)】を確認する。

「エルダートレント11万、オークロット13万、霊木20万、霊木の枝17万、ロードヴァイン14万。ここまでが木材ですね」

「何分こちらに回ってくるドロップ品はほぼないですからね。買える時に確保しておこうと思いましてその値段を付けました」

「かなりいい値段付けとるのぅ。冒険者ギルドより高い物もあるぞ？　いいんか？」

商業ギルドなら売り先に困ることはないんじゃろ。どちらも損する心配がないなら問題なしじゃな。

「キラーウルフ18万、ホワイトラビ1万。こちらが毛皮ですね。あとフローラルプラントの花粉を3万。ライノモス、ルーンモスの翅はそれぞれ一対で8万ではいかがでしょうか」

「こちらはそれで問題ないのじゃ。ここに出せる量じゃないが倉庫でも行くんかの？」

「そうですね。そちらへお願いします。私は鑑定士を連れて行きますので、マスターがご案内していただけますか？」

「分かりました。アサオさん、倉庫にご同行願えますか？」

アディエに案内され倉庫へ移動。ここなら広さも十分あり、問題なく物を出せる。

「アディエは数を教えてくれるかの？　物ごとに分けて端から出していきたいんじゃ」

「はい。では今のところの予定数を読み上げますね」

エルダートレント六〇本。

オークロット五〇本。

霊木四〇本　杖二〇振り。

ロードヴァイン八本。

キラーウルフ八枚。

ホワイトラビ一三枚。

花粉一五本。

翅それぞれ五対。

それぞれ分けて出し終えると、丁度カルフェが倉庫に来た。

「壮観（そうかん）ですね」

カルフェは何とか言葉を発することができたが、一緒に来た鑑定士の嬢ちゃんは驚きで固まっておった。

「まだ残ってるが、これでいいんかの？　余り物は冒険者ギルドに売る約束になっとるんじゃ」

「もう少し買いたいのはやまやまなんですが、あまり一件に使いすぎるのも問題がありまして」

まぁそうじゃな。ざっと計算しても2000万は超えとるじゃろ。

「まだ必要だったらまた言ってくれれば出すからの。冒険者ギルドの残り物になるがの」

「はい。その時はお願いします。鑑定、査定が済み次第連絡を入れますので、それからの代金引き渡しでもよろしいですか？」

「それで頼むのじゃ。ベルグ亭を常宿にしとるから、そっちに連絡してくれれば伝わるはずじゃ」

「分かりました。早急に終わらせますので。良い取引をありがとうございました」

「急がんから平気じゃよ。じゃあの」

倉庫から出ようとすると、アディエに待ったをかけられる。

「こちらが昨日頼まれた木工職人の紹介状です。数人分ありますので、お好きな所を選んでくださいね」

「おぉ、忘れてたわい。ありがとうの」

紹介状を受け取り、今度こそギルドをあとにする。時間は昼過ぎじゃった。

さて次は木工職人じゃな。いろいろ頼みたいからのぅ。若い職人の柔軟さと、玄人の確かな技術。どちらも欲しいんじゃがな。どうなるかのぅ。

「職人の所に行く前にまずは昼飯じゃ。今日は何を食べようかの」

この後の予定を考えつつも食欲が勝るのじゃった。

《**26** 木工品あれこれ》

昼飯を終えて一服。紹介状を眺めながら思案する。そこにはそれぞれの名前、職人歴、工房の場所、主に扱う品と、必要なことが書かれていた。

「若手からベテランまでおるのぅ」

一枚一枚めくりながら目を通す。彫刻、食器、収納、装飾品とさまざまな職人がいる。

「さてさて誰が作ってくれるやら。この中なら食器職人がいいかの」

作ってほしい物は茶筒。

この世界で一般的な丸太をくり貫いて作るモノでなく、薄い材を曲げ止める形の筒にしてもらおうと思っとるんじゃ。日本の曲げわっぱの技法が近いじゃろうな。詳細までは分からんが、大まかな流れを説明すればできんもんかのぅ。

まぁ行ってみて断られたら次に行けばいいじゃろ。

近い工房から訪ねていくがどこもダメじゃった。アディエの紹介だから門前払いはなかったがの。

作ってほしいモノを軽く説明すると誰も彼もが、

「そんな技法は聞いたことがない。できるはずがない」

と答えてそれ以上の説明を聞こうともせんかったわい。頭が固いのか、新しい技法に興味がないのか。それとも爺のたわ言と思って相手にしとらんのか。

最後のが当たりっぽい気がするのぅ。

「紹介状はあと二枚か……ダメもとなんじゃからとりあえず行ってみるかの」

何軒(なんけん)も断られ若干へこんでいたが、一服で気持ちを切り替えて次の工房へと足を運ぶ。

「ふむ、ここの職人は女性なんじゃな。今日初めて見るから、こっちでも女性の職人は少ないようじゃな。耳を傾(かたむ)けるくらいはしてくれるかのぅ」

淡い期待を胸に工房の中へ進む。工房兼(けん)店舗になっているので、入ればすぐに店員さんがおった。

「いらっしゃいませ。何をお求めですか？」

「商業ギルドの紹介で来たんじゃが、ポウロニアさんはおるかの？」

「工房長ですか？　少々お待ちください」

店員さんが店の奥へ姿を消し、しばらくすると一人の女性と一緒に戻ってくる。

「私に御用ですか？」

「作ってほしいモノがあって来たんじゃ。それでギルドから紹介してもらったんじゃよ」

「はぁ。見ての通り木製の食器が私の作品です。オーダーメイドでしょうか？」

皿を一枚手に取り、それを見せながら答えるポウロニア。

「茶筒を作ってほしいんじゃ。こんな感じのをな」

【無限収納(インベントリ)】から取り出した茶筒を渡す。

「綺麗な茶筒ですね。しかも軽い。それにこの木目を出すとなると、かなり良い木を多く使うんじゃないですか？　あれ、でもこの留め具は？」

「いや、少ない木材でいけるんじゃよ。それを頼みたいんじゃが何軒も断られての」

「少ない材料？　くり貫くのに、そんなの無理でしょ」

呆れとるの。くり貫く技法が基本じゃから無理もないか。

「よそではその技法も少し伝えたんじゃがの。無下に断られたんじゃ」

「新しい技法？　この茶筒もその技で？」

目の色が変わったのぅ。

「よく乾かした薄い板材を茹でて曲げて留める。底板を貼り付けて完成じゃ」

「茹でて曲げて留める？　木を茹でるの？　そんなの聞いたことない」

驚いているが、今までの職人のように断りはしないんじゃな。

「その技法で作ったのがその茶筒なんじゃよ」

「面白い！　そんな聞いたこともないような技術なんて気になるじゃない！」

「そう言ってくれるとありがたいのぅ」

「やってみて無理なら諦めるけど、やらないで決めつけたくないのよ。『女に職人ができるか』って言われ続けてるからね」

女性差別への反発なんじゃろうな。しかしこの世界でもあるんじゃな。腕とやる気があるなら、男だろうが女だろうがいいと思うんじゃがな。

「とりあえずやってみてくれるかの？　木材はダンジョンで仕入れてきたから十分あるんじゃ。使ってみたい木材はあるかの？」

「普段使ってるトレントがあればいいわ」

「ふむ。トレントなら沢山あるが、それだけでいいのか？　エルダーも霊木の枝もあるんじゃが」

「れ、霊木⁉　なんでそんな物まで持ってるのよ！」

「ダンジョンで狩ったからの」

巨人樹の丸太は……言わんほうが良さそうじゃな。

「え？　高ランク冒険者なの？」

「商人じゃよ。ほれこの通り」

ギルドカードを見せて納得させる。

「少し魔法が得意な商人の爺じゃよ」

「少し得意なだけで狩れるモンじゃないわよ。まぁいいわ。トレント、エルダーで作ろうかな。霊木を分けてくれたらその分工賃から値引くけど、どう？」

「ならそれでお願いするのじゃ。乾燥は儂が魔法でやったほうがいいじゃろ？」

「そうね、お願いするわ。じゃあ始めるわよ。えーと名前なんだっけ？」

「おぉそうじゃった。自己紹介しとらんかったの。アサオじゃ」

「ポウロニアよ。ポニアって呼んでくれればいいわ」

　がっちり握手を交わす。

「一緒にやりながら説明するのがいいじゃろ。ただ細かいところは任せることになるんじゃが、平気かの？」

「そうね。その辺りはやってみるわ」

「ならまずは丸太の乾燥からじゃな。それを薄い板にするのはポニアに頼むのじゃ」

　トレントの丸太を取り出し《乾燥（シーズン）》をかける。乾燥が終わったものをポニアに渡し板へ製材。厚（あつ）さ数ミリの板材が大量生産されていく。

「これをじっくり茹でて柔らかくする」

　タライに湯を張り板材を茹でる。湯温が下がれば《加熱（ヒート）》で温め、じっくりことこと。

「次は丸く成形して固定じゃ」

「へぇ、折れないんだね。こんなに曲がるなんて初めて知った」

　扱い慣れた木材だからかポニアの手が早いのぅ。わっぱの技術は初体験じゃろうに。

「固定したものをまた乾燥じゃな」

　水分を抜く為にまた《乾燥（シーズン）》。

「樹皮で編（あ）んで留めるんじゃ」

　ドロップ品の樹皮を取り出し、重なり合った部分を編み込む。

「あとは底板を貼り付ければ完成じゃ。接着剤は何かあるかの？」

「これを使えばいいよ。私が普段から使ってるものだからね」

液体の入った小さな瓶を渡される……この独特の匂いはニカワかのぅ。

「どうじゃ？　問題なさそうかの？」

「数にもよるけど大丈夫じゃないかな。木材の乾燥に時間がかかるくらいで、あとはそんなでもなさそうだしね。今の作り方より早いと思うよ」

「なら暇な時に作ってくれんかの？　沢山欲しいんじゃ。トレント、エルダーの丸太を五本ずつ置いていくから頼むのじゃ」

丸太一〇本を出して工房の端に重ねる。これもしっかり《乾燥(シーズン)》をかけておく。

「材料持ち込みだから、一個2000リルって言いたいけど半額の1000リルでいいよ。こんな面白い技教えてもらっちゃったんだしね」

そう言うポニアの笑顔がまぶしい。

「手付金として白金貨五枚と霊木の枝五本でいいかの？」

「前金までくれるの？　ありがたいわね。じゃあそれで」

白金貨と枝を手渡して、依頼完了じゃ。

「何日かしたらまた来るのじゃ。何かあればベルグ亭に連絡もらえるかの？」

「分かったわ。次来る時までにいくつか用意しといたげる」

「じゃあまたの」

ポニアに見送られて工房をあとにする。

さてこれで今日の予定は終わりじゃな。なかなか濃い一日じゃったな。

へこんでいたことも忘れ、満足気に頷く儂じゃった。

《 27　甘い樹液 》

茶筒が完成するまでに一つ実験じゃ。

そう思い立ち、宿屋の主人に中庭を貸してもらう。

即席の竈をこしらえ鍋を載せる。中には甘みの薄い樹液。これを煮詰めればきっと出来るはずじゃ。

メープルシロップがの。

本物のメープルシロップは四〇分の一くらいに煮詰めるんじゃったかのぅ。もっとじゃったか？　まぁやってみれば分かるじゃろ。樹液はまだまだ沢山あるからの。

じっくりことこと、木匙でかきまぜながら焦げつかないように煮詰める。

「のんびり一服しながら、焦らずじっくりじゃな」

何を急ぐでもない。木炭も木材も沢山あるからの……木材を薪にするのは少し勿体ない気もするがの。

半日ほど薪をくべ続けると、鍋の中身はとろみのある甘い樹液になっておった。

「そろそろかの？」

舐(な)めると砂糖とは違う甘さが口に広がる。

「香りも色もいいのぅ。この甘さはクセになるわい」

にこにこしながらまたひと舐め。

「十分美味しいメープルシロップの完成じゃ」

鍋から陶器に移し替えて【無限収納(インベントリ)】に仕舞う。

「メープルシロップが出来たらホットケーキかのぅ」

ふわふわホットケーキにメープルシロップをたっぷりとろーり。少し融(と)けたバターと一緒に、口いっぱいに頬張る。

……想像しただけで、我慢(がまん)できんのじゃ。

続いて、鍋と竈を五組こしらえる。

「メープルシロップ量産開始じゃ」

のんびりかきまぜながらの煮詰め作業。その間に、魔道具コンロにフライパンを置く。

卵白(らんぱく)をしっかり泡立(あわだ)て、メレンゲにする。卵黄(らんおう)、砂糖、牛乳を混ぜ、ここにメレンゲを少し加えてさっくり混ぜる。小麦粉と残りのメレンゲも入れて切るように混ぜたら熱したフライパンへ。

　こっちも焦らずじっくりじゃ。下手に触ると膨れんからの。生地がふつふつと気泡を見せたら裏返す。シロップとは違う甘い香りが辺りに広がる。

　懐かしいのぅ。タクミに作ってやったのと同じ匂いじゃ。

　少し焦げ目が付いたら皿にとり、バターとたっぷりのメープルシロップをかけて完成じゃ。

「さて出来栄えはどうかのぅ」

　ナイフとフォークで切り分け、さぁ食べよう……ダメじゃな。

　木蔭からじーっとこっちを見とるのぅ。子供たちにあんな風に見られたら食べられんじゃろ。

「一緒に食べんか？」

「「いいの？」」

「この爺が誘ってるんじゃからいいんじゃよ」

　二枚皿を追加し、みんなで仲良く三等分。

「いただきます」

「「いただきます」」

　二人はがぶっとひと口。

「「あまーい」」

良い笑顔じゃ。

「どれ儂も」

うむ、懐かしい味じゃ。も少し焼くかのぅ。昼ごはんだと思えばいいじゃろ。

「まだ食べるかの？」

「「うん」」

追加のホットケーキを焼いていると、おかみさんが姿を見せる。

「アサオさんすみません。ほら、ごはんならあるからおいで」

「「あまいのたべるの」」

お子様たちに気に入られたようじゃ。ホットケーキを嫌う子供はそうおらんじゃろ。

「たくさん焼いてるから大丈夫じゃよ。それよりどうじゃ？　食べてみんか？」

「ご迷惑じゃないですか？」

「いいんじゃよ。みんなで食べたほうが美味（うま）いからの。手が空（あ）いてるなら旦那（だんな）さんも一緒にどうじゃ？」

母屋（おもや）を見れば主人がこちらを見ていた。奥さんと子供たちが遅いから気になったってところじゃな。

「新しい料理ですか？」

なんじゃ、料理のほうが気になっとったんか。

「ホットケーキと言うんじゃ。このメープルシロップをかけて食べるんじゃよ」

出来上がった一枚を皿に載せ手渡す。

「じゃんじゃん焼くからどんどん食べて平気じゃ」

メープルシロップの量産にホットケーキの量産。なかなか忙しいのぅ。楽しいからいいんじゃがの。

「この甘さは砂糖じゃないですね。このシロップ？　はどうやって作ってるんですか？」

ひと舐めして砂糖と違う甘さに気付いた主人は、疑問をそのままぶつけてくる。

「ダンジョン産の樹液を煮詰めただけじゃよ」

「樹液？　あれはみんなダンジョンに捨ててますよね？」

おぉ知っとったか。

「冒険者が、煮詰める手間と量が必要な樹液より、確実に大金へ化ける木材を選ぶのは当然じゃろ。割りの良いほうを選ぶ冒険者を責めることはできんのぅ。料理人の手に渡っていれば、もっと利用法が思いつかれて使われてたと思うんじゃがな」

「樹液がこんな美味しいものになるなんて……」

驚きに思わず目を丸くする主人。

「数が出回ってないから、あまり試されなかったんじゃないのかの？　どうじゃ？」

「「あまくておいしー」」

子供は素直じゃな。

「十分砂糖の代わりになりますね。しかもそれがほぼ捨てられているものとは……」

有用性のある物が捨てられていた。そんな現実に主人は、声を失いかけているみたいじゃ。

「それで庭を貸してほしいと言われたんですね」

お子様たちを世話しながら、おかみさんには合点がいったようじゃな。

「こんなこと室内でやれんからの。まだまだ樹液はあるから何日かに分けてやるつもりじゃよ」

「いくらか分けていただけませんか？　料理に使ってみたいです」

主人は何か思いついたのかのぅ。美味しい料理になるなら問題なしじゃな。

「なら煮詰めるのを手伝ってくれんか？　そしたらタダで構わんのじゃ」

「やります！　でもタダはダメです。一瓶で夕飯一食分はどうですか？」

「それでいくかの」

交渉成立じゃな。明日は薪を仕入れてやればいいじゃろ。

一家と夕方まで煮詰め作業をして五瓶完成。一人につき一瓶を渡し、今日の分は終わりじゃ。

夕食にはメープルシロップと醤油を使った鶏の照り焼きを披露してみた。これにも驚いたみたいじゃった。まぁ塩味ばかりじゃからな。

焼いた鶏にタレをからめるだけじゃが、そのタレの発想がないんじゃからしょうがないの。

満足行く味の夕食を済ませ部屋へと戻る。

「さて明日はあっちの樹液じゃな」

メープルシロップを煮詰める作業とは別にせんといかんな。万が一にも混ざったらいかんからの。

寝る前の一服をしながら、そんなことを考えるのじゃった。

《 28　かぶれる樹液の使い途 》

「かぶれる樹液って言ったらやっぱりアレじゃろな」

メープルシロップトーストを食べながらそうこぼす。昨夜の照り焼きに続き、今朝はトーストに使っておる。朝から甘くて胸やけ、なんてこともない。若返ったからじゃろか？

「ご主人、ちょっとやってみたいことがあるんじゃ。メープルシロップ作りは任せても平気かの？」

「ええ大丈夫ですよ。鍋二つくらいしか見られないかもしれませんが」

「自分たちの分だけやってもらえればいいんじゃよ。なら鍋二つ分用意しておくからの」

中庭に行き、竈に鍋を載せて甘いほうの樹液を注いでおく。

さて儂のはどこでやるかのぅ。食べ物じゃないし、お子様たちがかぶれでもしたら大変じゃ。

メープルシロップの商談もあるから、アディエのとこに行ってみるか。

そうと決まれば、身支度を済ませ、向かうは商業ギルド。

「おはよう。少しばかり相談があってな。アディエはおるかの？」

いつもの嬢ちゃんに声をかける。

「おはようございます。マスターに取り次ぎますので少々お待ちください」

いつ来ても通されるのぅ。ギルマスって暇なのかの？

「マスターは暇じゃありませんからね？　アサオさんは優先的に取り次ぐように言われているだけですから」

「顔に出てたかの？」

「はい。出てました。ではご案内しますね」

嬢ちゃんと一緒に執務室へ。中に通されると、アディエが書類と格闘中じゃった。

「忙しそうじゃな。商人としては良いことじゃ」

にこにこしながら話しかける

「このくらいは平時の仕事量ですよ。どうかなさいましたか？」

「紹介されたポウロニアの工房で今、茶筒を作ってもらってるんじゃよ。この街にはない技術じゃから、その報告じゃ」

「まぁ、そんなことまで教えていただいていいんですか？」

「欲しいモノを作ってもらうんじゃ。そのくらいは問題なかろう？　男衆は少し話しただけでにべもなく断りおったがの。向上心がないのかのぅ。まぁ爺のたわ言と思ったんじゃろうがな」

「頭の固い職人ばかりですからね」

苦笑いのアディエ。どこも同じなんじゃな。

昔から伝わる技術を大事にしとるのかもしれんが、ただ固執(こしつ)してるだけにも見えるからのぅ。変なモノが混ざって形を変えるのはまずいから、一概(いちがい)には言えんがの。

「あと試食してほしいものがあるんじゃよ。嬢ちゃんもどうじゃ？」

「いいんですか？」

アディエに目をやる受付の嬢ちゃん。

「アサオさんのご厚意(こうい)ですからね。構いませんよ」

【無限収納(インベントリ)】に入れておいたホットケーキを二人の前に並べ、目の前でたっぷりのメープルシロップをかけ、試食を促す。コーヒーも作って一緒に添える。

「甘い香りですね」

「いただきます」

二人はまずホットケーキをひと口。

「砂糖ではないですね。でもこの甘さ。なのにさっぱりしてます」

「甘くて美味しいです。あぁ幸せ」

正体を探るアディエと、甘さにうっとりする嬢ちゃん。

「この蜜はなんでしょうか。蜂蜜とも砂糖とも違いますよね？」

「ダンジョン産の樹液を煮詰めたんじゃよ」

「あの樹液がこうなるんですか。十分利用価値ありますよ。これは今までの常識が一変しますね」

「薄い甘さの樹液から作れるのがこれなんじゃ。次はかぶれる樹液のほうの実験もしたくて、アディエのとこに来たんじゃよ」

「これまではどちらも捨てられてましたから驚きです」

嬢ちゃんは難しい話に加わる気はないんじゃな。幸せそうに食べ続けとる。あと少しでなくなりそうじゃから、おかわりの用意でもしといてやるかの。

「樹液の買い付けを考えましょう。今ならかなりの量を捨て値同然で仕入れられますし、あとでカルフェと相談ですね」

「実験できる場所はどっかにあるかの？　こっちは食べられるものではないからの。宿屋の一角を借りるわけにもいかんのじゃ」

「火を使わないのでしたら、隣の部屋を使って構いませんよ。実験結果もすぐに知りたいですし。どうですか？」

「ならそこでやらしてもらうかの」

　案内された先は、小さめの会議室のような造りじゃった。一応換気（かんき）だけしとけば平気じゃろ。

「何かあれば言ってください。隣にいますから」

　笑顔でアディエが退室する。

「さて、おおざっぱな記憶じゃからな、失敗して当たり前くらいのつもりでいくかの」

　樹液をろ過して、そのあと水分量を減らすんじゃったな。混ぜては蒸発（じょうはつ）、混ぜては蒸発の繰り返しだった気がするのぅ。特にごみも見当たらんから《乾燥（シーズン）》を弱めにかければいいじゃろ。

　混ぜながら乾燥を続けること一時間、一応漆（うるし）の完成じゃ。

　塗（ぬ）ったあとの乾燥が特殊だったんじゃなかったかのぅ。色も出したいんじゃが、何を混ぜるのか覚えとらんな。とりあえずこれで使ってみてダメなら何か考えるか。地球とは違うから、このままいけるかもしれんしの。

「アディエ、少しポウロニアの所に行ってくるのじゃ。これで使えるか試したくての」

「分かりました。いってらっしゃい」

アディエにひと言断ってからポニアの工房へ。無言でいなくなるのも良くないからの。

「ポニアはおるかの？」

工房兼店舗に顔を出して声をかける。

「アサオさんいらっしゃいませ。工房長呼んできますね」

店員さんが奥に引っ込みポニアを連れてくる。

「あれ？　もう来たの？　まだぜんぜん出来てないんだけど」

「あぁ今日は別件なんじゃ。ポニアのとこでは皿に塗料は塗らんのか？」

「塗料？　使わないわよ。せっかくの木目が死んじゃうじゃない」

「そうか。少し実験したいからいくつか皿や椀を買いたいんじゃ。それに色を付けてもいいかの？　嫌なら別のとこで買うんじゃが」

「買ったあとはお客さんのものだからいいわよ。どこぞの頭の固い連中とは違うもの」

ポニアのこの言い草、男衆に相当嫌気が差しとるようじゃな。

「なら小皿と椀を五個ずつ。あと大皿と大鉢も買うのじゃ」

「毎度あり。全部で1万9000リルね。その実験とやらの結果は教えてね」

代金と引き換えに皿を受け取る。

「このあとやるからの。夕方には見せられると思うんじゃ。失敗かもしれんがの」

「それならそれでいいんじゃない？　成功ばかりじゃおかしいもの」

ポニアの工房から執務室の隣にまた戻る。帰りがけに刷毛（はけ）や布などの買い足しも忘れない。

まずは小皿と椀じゃな。

「重ね塗りと薄塗りでやってみるか。弱めの《乾燥（シーズン）》で時間短縮（たんしゅく）にもなるじゃろ」

刷毛で塗るのが上手くいかんかったので、布で伸ばしてみる。やはり職人さんの技術はそう簡単には真似できんのぅ。

薄塗りして《乾燥（シーズン）》。

……上手く乾かないのぅ。水分飛ばすだけじゃダメじゃったか。

弱めの《加熱（ヒート）》ならどうじゃろ？　……ふむ、こっちだと乾くようじゃな。湯を沸かすくらい熱くするとまた乾かなくなるのぅ。じんわり温めながら乾かすのが良さそうじゃ。温度と湿気（しっけ）が関係してるみたいじゃな。ふんわりとそんな記憶があるんじゃがなぁ。今日はこれでやるしかないのぅ。

何度となく繰り返すと全体が飴色（あめいろ）に染まる。このままで十分綺麗じゃな。黒や赤にしたいんじゃが、その辺りは追々（おいおい）でいいじゃろ。

小皿と椀は薄塗りのモノから、全体が濃い飴色に染まったモノまで、濃淡の変化を付けてみた。同じ器で違う色なら、見本として分かり易いと思ってな。

大皿は薄塗り。大鉢は濃い重ね塗りに。

「ひとまずの完成じゃな。アディエに見てもらうかの」

執務室のアディエに声をかけに行くと、カルフェもおった。二人を連れて戻り、実験結果を披露する。

「これがもう一つの樹液の成果じゃ」

「綺麗な色ですね。木目もしっかり見えます」

今まで見たことのない色味に驚くアディエ。

「こんな使い途があったとは驚きです」

カルフェは用途があること自体への驚きを口にしておる。今まで全く見向きもされなかったものじゃから、当然と言えるかもしれんな。

「かぶれる樹液の水分を飛ばして皿に塗ったんじゃよ。色味が濃いのは何度も重ね塗りしたからじゃな。もっと色を出せるハズなんじゃがやり方を詳しく覚えとらんのじゃ」

「この色で十分綺麗ですよ。更に改良までできそうだなんて」

「これは塗料を使う発想がなかった木工品に革命が起きますよ」

皿を手に取りながらアディエとカルフェは思い思いの感想を述べる。

「人によってはかぶれるからの。そこは注意しないとダメじゃぞ」

「アサオさんは平気なんですか？」

「儂は慣れとるし、丈夫じゃからな」

状態異常耐性がカンストしてるから――とは言えんからの。笑顔で誤魔化すしかあるまい。

「このあとポニアのとこに持っていくんじゃ。実験結果を教える約束じゃからな」

「ポウロニアの工房はこれで一躍有名になるでしょうね。女性職人ってだけでも名は売れてましたが、新しい技術まで得たとなればそれは火を見るより明らかです」

「マスター、こちらの樹液も仕入れましょう。他の職人も欲しがるかもしれません。質の悪い品が出回ったりする前に手をうつべきです」

「そうですね。全部の買い取りはできなくても、抑制にはなるでしょう」

商人の顔を見せておる二人にそっちは任せようかの。

「儂はポニアのとこへ行ってから帰るかの。今日は世話になった。ありがとう」

「いえいえ。こちらこそ新しい商品を教えてもらえて感謝です」

「アサオさん、ありがとうございました」

アディエとカルフェに見送られ、ギルドを出てまた工房へ足を運ぶ。皿をポニアに見せると驚きのあまり固まっておった。

皿などに塗料を使う発想自体がなかったのに、塗っても木目が見えることが驚きに更なる拍車をかけたみたいじゃ。この技術も知りたいと目を輝かせていたので、茶筒の目処が立ったあとで教える約束をした。

やる気に満ち溢れたポニアは超特急で仕上げると言ってたがの。無理だけはしないように釘を差しておいた。

さて、これで樹液はどちらもひとまず実験成功じゃ。あとは量産するのに数日かかるから、またのんびりじゃな。茶筒もまだかかるじゃろうからの。

宿屋への足取りも軽くなるというものじゃった。

《 29 イスリールの頼みごと 》

『……ウさ……、……タ……………ん』

こんな夜中に誰じゃ。儂は寝とるんじゃ。

『セイ…………ん、……タロウさん』

まだ言うか。うるさいのう。

『…イタロウさん、セイタロウさん』

「誰じゃ！」

カッと目を見開くもそこには誰もいない。

『セイタロウさん、僕です。イスリールです』

頭の中に直接響く声。

「こんな遅くにどうしたんじゃ？」

『緊急のお話が出来てしまいました。神殿に来てもらえませんか？』

イスリールからの呼び出しとは珍しい……いや初めてじゃろ。

「今から行って入れるんかの？」

『神殿は特に施錠されてませんから入れます。なるべく早くお願いします。本当に緊急なので』

「分かったのじゃ。今から行くので少し待っとれ」

身支度を整え宿からそっと出ると、早足に神殿へ向かいその中へ。いつものように祈ろうかと像の前まで行くと、そこには先客がおった。

「こんな夜更けに先客とはの」

そう呟くと、先客はこちらを振り返る。

「セイタロウさん、お待ちしてました」

「ん？　イスリールか？」

「はい。早速ですがお願いがあります。この子を預かってほしいのです」

布に包まれたそれをこちらへ渡してくる。両手に乗るほどの大きさと重さ。

「いえ違います。その子は――」

そこまで言いかけると、布がはらりと落ちてそれが姿を見せる。

そこには、真っ白いぷるぷるした丸いモノが。

「これは……何じゃ？」

「ブライトスライムと言います。まだ幼い子供です」

「超希少種のスライムじゃな」

ヒト種でも珍しい光属性持ち。それが属性持ちが極端に少ないスライムとなると、どれだけ珍しいかは言わずもがなじゃ。

「この子を預かってほしいのです。理由は今からお話しします」

「そうじゃな。預かるかどうかを決めるにも理由は知らんとな」

目を覚ましたスライムは儂の腕をよじのぼり、頭の上にその居場所を変えた。

神妙な顔つきのイスリールが丁寧に説明を始める。

「その子は魔族の王の娘です。魔力はありますが微々たるもので、いわゆる『出来損ない』でした。しかもヒト種が好きという変わり者だったんです」

「魔族は概ねヒト種を歯牙にもかけんそうじゃからのぅ。出来損ないでヒト種が好きとなると、王の娘といえども大変じゃろ」

「はい。ただそこは小さい国とはいえ王の娘ですからね。表立って蔑まれることはありません。幸い両親、家臣から溢れんばかりの愛情を注がれていました」

「そんな子がどうしてここにおるんじゃ？」

　頭の上にいるスライムを指差しながら問いかける。スライムはただぷるぷると震えるだけ。

「クーデターです。一族皆殺されました。最後の生き残りがこの子なんです」

「実力主義の魔族でもそうそうクーデターなど起こらんじゃろ。そんなに暗君だったのか？　この子の親御さんは」

「いえ、平和な良い国でしたよ。国民も朗らかに暮らしてました。でも野心を抱く者はどこにでもいますから。平和ボケした国なら奪えると思って行動を起こしたのでしょう。実際クーデターは成功してますからね」

　平和な日常を奪ってまで国が欲しいものなのかのぅ。儂には理解できんな。

「国も民も平和に過ごせてたのにそれを壊すか。馬鹿じゃなそいつらは」

「ええ。愚かだと思います。でも僕は手を出せませんからね。この世界の住人の間で片を付けてもらうはずでした」

「ところが話が変わったんじゃな？」

「はい。両親、家臣の切なる願いでこの子を助けました。自分たちはいいからこの子だけでもと」

「それでもなんでこの子だけ助けたんじゃ？　イスリールはこの世界に手を出したらいかんのじゃろ？」

　おそらく話を根底から覆すようなナニかがあるんじゃろ。

「それはこの子の出生に関わります。この子の両親は子宝に恵まれませんでした。そこで毎月必ず神殿に祈りを捧げていたんです。日本にもある神頼みですね。切なる願いを聞いて僕は一つのきっかけを与えました」

「子を授けたんじゃないのかの？」

「ええ。本当に些細なモノです。それを引き寄せられる運が両親にはあったんでしょう。ただ僕が手を差し伸べたことで、超希少種のブライトスライムになったようですが」

　神の手による確率変動かの。

「そうして生まれたこの子は特殊スキルを持っています。それが今回のクーデターのきっかけだと思います」

「特殊スキル？」

「普通の鑑定では見られませんが、セイタロウさんなら可能なはずです」

　そう言われ、スライムを腕に抱え直して鑑定してみる。

【名　前】
【種　族】ブライトスライム
【年　齢】6か月
【レベル】2
【スキル】吸収
【特　殊】ごくつぶし
【加　護】主神イスリール（中）
【称　号】異端児（いたんじ）

「この〈ごくつぶし〉のことじゃな」

「全スキル、全魔法の無効化がそのスキルの効果です。無効化したモノのエネルギーを元からあるスキルの〈吸収〉で自分のものとして変換できます。スライム種の特性で物理攻撃自体もほぼ無効です」

「弱点が見当たらんのぅ」

「この子を使って世界制覇（せいは）を目論（もくろ）んだ。その一歩目がクーデターだったんだと思います」

「その最悪の芽（め）だけは摘（つ）んだというんじゃな」

「そうなります。これ以上の干渉（かんしょう）となると世界のバランスが崩れるので、セイタロウさんにこの子を託したいのです」

それで儂を呼び出したと。この年齢でまた子育てすることになるとはの。しかも婆さんなしで、育てるのがスライムとは驚きじゃ。

「儂がこの子を使って世界制覇をしようとするとは思わんのか？」

「セイタロウさんがそんな面倒なことをするはずがありませんから」

にこやかに言い切るイスリール。

「子育ても面倒だと思うんじゃが」

「それだけ懐いている子を見捨てるとは思えません」

スライムはまたよじよじ儂の頭に戻り、ぴょんこぴょんこ軽く跳ねる。

「お前さんはそれでいいのか？　こんな爺との旅じゃ、面白いことも少なかろう？」

スライムに手を添えながら声をかける。何も言わずぷるぷるしながら手にまとわりつくスライム。

「嬉しそうですよ」

「いやなんとなくそれは分かるんじゃがな。会話が成り立たないからのぅ」

「あ、でしたら〈念話〉スキルを二人にお付けしますね。さっきセイタロウさんを呼んだアレです」

イスリールが画面のようなモノを出して何かを入力する。久しぶりに見たのぅ。

『じいじ、じいじ』

「ん？　これはお前さんか？」

スライムに視線をやり、声をかける。

「お前さんはなんて名前じゃ？」

『なまえまだない。じいじがつけて』

「親御さんに名前を貰わなかったのか？」

「魔族の慣習で、生後六か月になったら神殿へ出向き、名を貰うんです。その直前に今回のことがありましたから……」

そんな慣習があるとはの。

ん？

「ならイスリールが名付ければいいじゃろ」

『いや、じいじがいい』

主神サマの名付けを断るとはの。

「本人が望んでますからね。セイタロウさん、お願いします」

イスリールも断られたのになんで笑顔なんじゃ。

「うーむ、ブライトスライムじゃからなぁ。光や明かりに関係した名前がいいじゃろ……ルーチェなんてどうじゃ？」

『るーちぇ　わたしるーちぇ』

「気に入ったみたいですね」

こんな簡単に名前を決めていいんじゃろか。

「ルーチェはどうしたい？　国を元に戻してほしいやら、両親を返してやらは儂には無理じゃが、一緒に旅するくらいならできるぞ？　儂と来るか？」

『じいじといっしょにいく』

「そうか。ならこれからは儂と一緒に旅じゃな」

儂は思わずルーチェに笑顔を向ける。

「イスリール、ルーチェはどんな扱いになるんじゃ？　儂の子でもないし、仲間というには難しいじゃろ？」

「その辺りは僕のほうでなんとかします。ルーチェに〈擬態〉を教えて、ヒト種の子供にもなれるようになってもらいます。身分証も僕が用意しますので大丈夫です」

至れり尽くせりじゃな。

「公には神殿から預かったってことになりますので。セイタロウさんも今後その説明でお願いします。まぁセイタロウさんの周りの人はきっと『セイタロウさんならあり得ない話じゃない』と納得すると思います」

「なんでじゃ」

そうそう変なことはしとらんぞ。

「あと、見られることはないと思いますが、称号に『里親』を付けます」

次々と何かを付けてくるのぅ。

「セイタロウさんの【無限収納（インベントリ）】に子供服と装備を入れておきますね」

どんどん追加される荷物。満杯になることがない【無限収納（インベントリ）】だから、まぁいいじゃろ。

「ルーチェ、こっちに来てください。〈擬態〉と他にもいろいろ教えますから」

呼ばれたルーチェが儂の頭からぴょんっとひとっ飛びでイスリールの前に降りる。

画面操作を終えると、ルーチェが五歳くらいの女の子に変わった。少しするとまたスライムになり、しばらくすると女の子に変身。練習がてらなのか発声もしておる。何度か繰り返して、やがて女の子の姿のまま落ち着いた。慣らし運転じゃな。

「いいですかルーチェ。これからはセイタロウさんが貴女（あなた）のお父さんになります。ちゃんと言うことを聞くんですよ」

「分かった。じいじがぱぱでよくきく」

いや足りんじゃろ。なんかいろいろ足りんじゃろ。

「これからいろいろ教えてもらいなさい。生きること、食べること、力のこと。ちゃんと教えてもらいなさい」

「じいじにおしえてもらう」

「イスリール、儂にしたように、この子にも最低限の知識と言語を頼めんか？　イスリールから儂に刷り込まれたこの世界の知識を教えるのは難儀じゃろ」

「そうですね、分かりました。あんまり無理言ってセイタロウさんに断られたら悲しいですからね。今からやります」

「？？？」

ルーチェは分かっとらん感じじゃな。

「儂に教わる前にイスリールからいろいろ教えてもらうんじゃよ。それが終わったら儂と一緒じゃ」

「じいじといっしょ！　いすりーるはやく！　じいじといっしょはやく！」

これこれ、主神サマを呼び捨てにするんじゃない。

「明け方までかかりますから、朝また来てもらえますか？」

「分かったわい。朝迎えに来るからの。それまで良い子にしてるんじゃぞ」

頭をなでてやると、ルーチェはこぼれるような笑顔を見せる。

「じいじ。あさになったらむかえにきてね。それまでにいすりーるにおしえてもらうから」

「じゃあまたあとでな」

それだけ言い残して儂は神殿を出る。宿屋でもうひと眠りしたら迎えに来るかの。

新たな孫？　娘？　に心躍るのじゃった。

《30　ルーチェ》

朝食の前に少し出かけると宿の主人に伝え、神殿へ向かう。

「さてルーチェはどうなったかのぅ」

最低限の知識を詰め込んだなら儂と同じようなもんじゃろ。あれは知識として持ってても、実際に見聞きしてないから実感がないんじゃ。知識と体験の齟齬を埋める意味も含めて、ジャミの森からスールまで狩りをしてたんじゃからな。

ほどなくして神殿に到着。そのまま中に入ると人影はなく、いつもの像が立ち並ぶ場所だった。

『おはようイスリール、どこにおるんじゃ？』

念話を送ってみる。昨日は聞くのみで試せんかったが、問題なく送れてるじゃろか。

『セイタロウさん、おはようございます。僕の眷属の神官に個室を用意してもらったのでそちらにいます。今迎えを出しますね』

少しすると女性の神官が広間に現れる。しっかりした身なりを見るとそれなりに位が高そうじゃ。

イスリールの所へ案内され、共に室内へ入る。

「おはようさん。迎えに来たぞ。もう終わったんか？」

「おはようございます。こちらの調整は無事済みました。ね、ルーチェ」

「じいじおはよう。今日からよろしくお願いします」

元気良くお辞儀をするルーチェ。それを微笑ましく見る大人三人。

「挨拶もちゃんとできるんじゃな。偉いのぅ。これなら大丈夫じゃろ」

「ええ、あとは知識と経験のすり合わせになりますね。そこはセイタロウさんにお任せします」

儂も通った道じゃからな。問題ないじゃろ。

「神殿がルーチェの身元保証をして、セイタロウさんに里親を依頼した。公的にその形にしました」

「ええ、私どもがその手配をいたしました」

女性神官さんが言葉を付け足す。

「彼女はヒトの間では神官長として通ってますので信用ありますよ」

「名乗り遅れました。神官長をしておりますルミナリスと申します。セイタロウ様、以後お見知りおきのほどを」

「イスリールの……友人のアサオ・セイタロウじゃ。ルーチェともどもよろしくお願いするのじゃ」

この身体を作ってもらったが、儂は眷属ではないからのぅ。友人が一番適当じゃろう。

「ルーチェは魔族としての身分証を持っとるんじゃな？」

「魔族ブライトスライムのまま登録してあります。無用な争いを避ける為に街中ではヒト型になるように教えていますが、普段はスライム型でも構わないでしょう」

「あと、ヒト型の時は会話できますが、スライム型だと念話しかできませんので」

街中にスライムが出たらひと騒動じゃからな。賢明な判断じゃ。

注意事項の確認として、イスリールは説明を続ける。

「その辺りは問題ないじゃろ。儂はどっちでも聞こえるしの」

「私もどっちでも聞こえるから大丈夫。この形でも念話はできるし」

ルーチェも問題なさそうじゃな。あとは暮らしながら追々慣らしていくかの。

「とりあえずルーチェを鑑定して、気になるところがないか確認してください」

【名　前】アサオ・ルーチェ
【種　族】ブライトスライム
【年　齢】6か月
【レベル】2
【スキル】吸収　擬態　念話Lv.50　各種異常耐性Lv.70　各種攻撃耐性Lv.70

【特　殊】ごくつぶし
【加　護】主神イスリール（中）
【称　号】異端児　セイタロウの娘　主神の恩寵

「夜見た時からスキルが増えとらんか？」

「念話の他にも、セイタロウさんに合わせて耐性を付けておきました。ステータスは少ししか上げてませんから、そこはこれからですね。まぁ吸収でどんどん上がるからきっと大丈夫です」

「儂に合わせたら化物になるじゃろ。力を持つことと使うことは教えるからいいんじゃがな」

　イスリールは加減を知らんのかのぅ。儂の中で付けたうっかり神の名はまだ返上できんな。

「そうじゃ、〈ごくつぶし〉があると儂からの回復魔法も受けられんのか？」

「大丈夫だと思いますよ。敵意、悪意のない魔法は受けられるはずですから。親子喧嘩だとどうなるか分かりませんけど」

　喧嘩で魔法の撃ち合いは嫌じゃな。そもそもルーチェに魔法をぶっ放す未来が見えん。まぁ使えるならいいじゃろ。そこも実地訓練じゃ。

「あとセイタロウさん自身もたまにはスキルチェックしてくださいね」

ふむ。なら見てみるかの。

「オープン」

【名　前】アサオ・セイタロウ（朝尾晴太郎）
【種　族】まだ人族
【年　齢】63
【レベル】28
【スキル】属性魔法Lv.53　無属性魔法Lv.100　時空間魔法Lv.100　生活魔法Lv.100
各種異常耐性Lv.100　各種攻撃耐性Lv.100　無詠唱Lv.100
鑑定Lv.80　解体Lv.51　農業Lv.73　料理Lv.24　杖術Lv.50
念話Lv.50
【特　殊】朝尾茶園
【加　護】主神イスリール（極大）
【称　号】界渡り　人間離れ　主神の恩寵　里親

種族が「まだ人族」に変化しとる。「たぶん」から「まだ」、これは進化なのか？　退化なのか？　微妙なところじゃな。

旅路の狩りとダンジョン踏破を考えれば、レベルの上がり方も納得の範囲じゃろ。少し早い気もするが、よく使うスキルはレベルが少しだけ上がっとるようじゃ。

「じいじ強いね」

目を輝かせながらルーチェが儂のステータス画面を覗き込む。まぁ天災級モンスター並みの数値じゃからな。レベルが上がってまた少し上がっとる。五割増しくらいになっとるが……少しってことにしとくのじゃ。

「イスリール、これやりすぎじゃろ」

「『いのちだいじに』ですから問題ないです」

小さくガッツポーズをとりながら笑顔で決めゼリフのイスリール。やっぱり気に入ったんじゃな。

「それで納得するしかないんじゃな。ルーチェ、今イスリールの言ったことが一番大事なことじゃ」

「いのちだいじに？」

「そうじゃ。死んだらどんなに強かろうが、偉かろうが終わりじゃ。生きるのが大事なんじゃ。じゃから危なくなったら逃げる。しっかり覚えるんじゃぞ」

「じいじ強いのに？」

「強くても死ぬのはあっけないもんじゃ。生きてないと美味しいモノも食べられないし、楽しいこともできない。だからしっかり生きるんじゃ」

「分かった。じいじと一緒にしっかり『いのちだいじに』する」

「そうかそうか」

ルーチェの頭を撫でながら、儂は笑顔を見せる。

「じゃあ宿に戻るかの」

「セイタロウさん、ルーチェを宜しくお願いします。こんな無理を聞いていただいて感謝に堪えません。何かお困り事がありましたら僕に連絡してください」

「その場合は神殿にお越しくだされば、可能な限り助力させていただきます」

イスリールとルミナリスは真剣な表情でこちらを見つめる。

「そんなことが起こらないよう願うがの。万が一の時は頼むのじゃ」

「ばいばい」

軽く手を上げ、手を振っておるルーチェと一緒に部屋を出る。

そのまま神殿をあとにし、のんびり二人で宿屋へ戻る。手を繋ぎながら歩く姿は、親子のような祖父と孫娘のような、不思議なものじゃったろうな。

さて朝ごはんじゃ。

っとその前に、宿でルーチェの説明をせんといかんな。ベルグ亭の皆なら問題はないじゃろ。

そう思いながら、元気に歩くルーチェを見るのじゃった。

《 31　かわいい孫娘 》

神殿での一件をベルグ亭で説明し、ルーチェのことを伝える。

本来の姿がスライムだとしても、現状五歳児と変わらんからな。儂の連れで、神殿の身元保証もあるなら宿泊は何の問題もないと言ってもらえたんじゃ。やはりここの家族はいいのぅ。ルーチェも子供たちと仲良くなれそうじゃから良かったわい。

話もひと通り終えて朝ごはんにする。

トーストに目玉焼き、サラダにスープ。普通の朝食なのに、どれを見ても目を輝かせるルーチェが可愛いんじゃ。聞いたらルーチェの国だと焼いた肉、茹でた野菜などがそのまま食卓に並ぶだけだったんじゃと。それじゃ食事が楽しくないじゃろ。現に栄養を摂るだけで楽しいモノではなかったそうじゃ。

それでここの食事に興味津々なんじゃな。

「慌てなくていいから、好きなモノを食べるんじゃぞ」

「はーい。どれにしようかな」

フォークやスプーンの使い方は、刷り込まれた知識で平気そうじゃな。

「おいしー。どれも美味しいよ、じいじ」

にっこり笑ってこちらを見るルーチェ。いい笑顔じゃな。

旦那さんも厨房からこっちを見てるが笑顔じゃ。料理人にとって『美味しい』は最高のほめ言葉じゃろうから、当然かの。

「トーストにこれをかけても美味しいんじゃよ」

そう言いながら蜂蜜を取り出してかけてあげる。普通のトーストがハニートーストに早変わり。

「あまーい。美味しいよじいじ。これ甘くて好き」

ひと口で虜になったようじゃな。その後もぱくぱく食べ続け、綺麗に完食。食後の一服をしながら今日の予定を二人で考える。

「ルーチェは今日何かしたいことはあるかの？」

「何があるかも分かんないから、じいじと一緒に行くだけだよ」

「それもそうか。なら今日は街をぷらぷらしてルーチェの買い物じゃな」

「うん。それで行こう」

「アサオさん、今日作る分のシロップは昨日と同じ量でいいですか？　子供たちが妙に張り切っちゃって」

ルーチェとの相談が終わると、おかみさんが話しかけてくる。

「そうじゃな。同じだけやってもらえれば十分じゃ。ただやけどには気を付けるんじゃぞ。出かける前にまた用意しておくからよろしくな」

「「うん。きをつける」」

お子様二人に注意をし、頭を撫でてやると笑顔で答えてくれた。それを見るルーチェの羨ましそうな表情が面白かった。

「じゃあルーチェ、行こうかの」

そう言いながら頭を撫でて席を立つ。

「はーい。じいじと一緒に買い物ー♪」

もう笑顔じゃ。

中庭に昨日と同じ用意をする。メープルシロップはこれで問題なしじゃな。

「さてぷらぷらするかのぅ」

「おっかいものー♪　おっかいものー♪」

手を繋ぎ街へと出かける。とりあえずルーチェが気になった店に入っていけばいいじゃろ。儂は布団一式くらいしか買う物ないからの。

のんびり街中散策。店で可愛い服を見つけて買い物。下着、肌着はよく分からんから店員さんにお願いした。ルーチェもその辺りの知識はないらしいからのぅ。サイズだけ合ってれば平気じゃろ。そのうち自分で選べるようにもなるじゃろて。

はずじゃ。

食器などもルーチェに気に入ったモノを選ばせる。好きなモノを使えば慣れるのも早い

小物、消耗品なども買い足して、ルーチェの買い物は一段落。食材にも興味があったらしく、気になったらしいモノはひと通り買ってみた。

昼食は適当に食堂に入る。ルーチェはそこでも美味しい、美味しいと食べて周囲をほんわかさせとった。

食後は儂の本命の寝具店へ。敷布団と掛け布団があれば嬉しかったんじゃが……残念、やはりベッドのようじゃ。マットレスのようなモノと毛布をベッドと一緒に選ぶ。

ルーチェ用にもう一組買おうとしたんじゃが、嫌がられてのぅ。一人で寝るのは寂しいから一緒に寝るんじゃと。スライムでもヒト型でも小さいから大丈夫じゃろ。大きくなったらまた考えれば良いことじゃな。

キングサイズのベッド一式を購入して【無限収納】へ。

全部合わせて48万リル。まぁこんなもんじゃろ。ベッド自体が職人の手作りじゃからな。作りもしっかりしとったしのぅ。

「これで買い物も終わりじゃが、まだ何か見たいものあるかの？」

「んー。もうないかな。あ、宿に戻って鍋が見たい。あれ甘い匂いしてたから気になる」

額に指を当てて考え、思いついたことを話すルーチェ。

「そうか。それじゃ帰るかの」

「はーい。じいじと帰るー」

手を繋いでご機嫌なルーチェと帰路につく。まだ夕方にもなっていない。

宿の中庭に行くと、お子様二人が鍋をかき回していた。二人だけだと危ないからおかみさんも一緒じゃが。

「どうじゃ？　美味しく出来そうかの？」

「だいじょうぶだよ」

「きっと美味しくなってるよ」

こちらを振り返り、お子様たちがにっこり笑顔でそう告げる。

「シロップ作りが気に入ったみたいで、疲れるだろうにずっとやってるんですよ」

少し困ったような笑顔を見せつつそうおかみさんは話す。子供の成長が嬉しいんじゃろうな。

「どれ、なら爺は頑張った子にご褒美のホットケーキを作るとするか」

儂は魔道コンロを取り出し、ホットケーキ作りを始める。

「ほっとけーき？　じいじが作るの？　私もお手伝いする」

「おぉそうか。ならルーチェには生地作りを手伝ってもらおうかの」

小麦粉、牛乳、卵、砂糖を【無限収納】から出して並べる。

手順は前に作った時と変わらん。一つひとつルーチェに教えながらじゃから少しだけ時間はかかるがの。急ぐ理由は何もないからの、のんびり料理を楽しむだけじゃ。

ルーチェの仕込んだ生地をフライパンへ入れ、じっくり焼く。液体が固まるのが面白いのか、きらきらした目でそれを見つめるルーチェ。裏返すときつね色になった焼き面が見えて、更に目を輝かせる。

そうこうするうちに焼き上がった。皿に盛り、バターとメープルシロップをかけて、ホットケーキの完成じゃ。

「さぁ皆で食べようかの」

お子様二人とルーチェに取り分けてあげると、喜び勇んで食べ始める。

「「「あまーい。おいしー」」」

三人いても異口同音じゃな。

どんどんおかわり分を焼いていく。今度はシロップではなく蜂蜜をかける。

「「「こっちもあまーい」」」

にっこにこじゃな。

「じいじー、私こっちのほうが好き」

「「どっちもすきー」」

ルーチェは蜂蜜のほうが好みか。

「そうか。蜂蜜は売ってるし、魔物からも採れるからの。明日は蜂蜜を探しに行ってみるか」

「うん。蜂蜜採る」

採る気満々じゃな。ゴルド辺りに蜂系モンスターのいる場所を聞けば分かるじゃろ。そういえばこの腕輪の効果も確かめてなかったのぅ。実験したいこともあるし、明日の予定は決まりで良さそうじゃ。

夕飯もあるので、ホットケーキは一人二枚で終わりにする。

あと少し煮詰めれば今日の分のシロップ作りも終わりじゃ。お子様たちの監督を引き受けて、のんびり一服しながら時が過ぎるのを待つ。

作業が終わったあと、部屋に戻る前に水場で湯を浴びる。ルーチェも同じことがしたいらしく一緒じゃった。二人ともさっぱりしたら夕飯じゃ。

ラビ肉の煮込み、鶏の照り焼き、パン、サラダ、スープが夕食で、美味しい食事をすっかり気に入ったルーチェはご機嫌。

そんなルーチェを見る儂も上機嫌なのじゃった。

《 32　慣らし運転 》

翌朝起きると、ベッドにルーチェが潜りこんでおった。ベルグ亭はツインルームが基本じゃから、寝る時は隣のベッドにいたはずなんじゃが、昼間に言ってた通り寂しかったんかのぅ。

昨日と同じ朝食を済ませて一服。

今日は蜂蜜採取とルーチェのレベルアップじゃな。

「ひと休みしたら冒険者ギルドに行くかの。蜂蜜の在り処（ありか）を聞かんとな」

「はーい。はっちみつー♪　はっちみつー♪」

まだ【無限収納（インベントリ）】に在庫はたっぷりあるんじゃが、ルーチェが採りたいならやらせてやりたいからのぅ。

中庭でお子様メープル隊の準備をしてから出かける。楽しんでやってるようじゃから良かったわい。

冒険者ギルドにルーチェと一緒に出向き、ゴルドのもとへ。受付に挨拶するとそのまま執務室まで案内される。顔パス状態じゃな。

「おはようさん。調子はどうじゃ？」

執務机で書類とにらめっこをしているゴルドに挨拶する。

「おぉ、アサオさんおはよう。ん？　その子は？」

書類を置き、席を立ったゴルドに来客用の長椅子をすすめられ、テーブルを挟み向かい合わせに座る。

「神殿から頼まれて預かってるルーチェじゃ。ちょいと事情があってのぅ。一緒に旅することになったんじゃよ」

「おはようございます。ルーチェです。じいじ共々よろしくお願いします」

礼儀正しく挨拶するルーチェ。うむ、良くできとるのぅ。挨拶は基本じゃからな。

「しっかりした良い子だな。しかし神殿から直接依頼ってすげぇな。まぁアサオさんならあり得ないことでもないんだろうけどな」

イスリールの言った通りになっとる。変なことしたつもりはないんじゃがな。

「ゴルドには教えとくが、ルーチェは魔族じゃ。今は擬態しておって仮の姿なんじゃよ。ただし神殿がしっかり保証しとるからの。何の心配もいらん」

「じいじにいろいろ教わってるから大丈夫です」

ルーチェが自分の身分証を見せながら話す。ゴルドは一瞬驚いた顔をするが、それもすぐに引っ込む。

「悪さしなきゃ魔族もヒト種も関係ないからな。神殿とアサオさんが後ろ盾に付いてるなら問題ないだろ。シルクやアティエさんたち、街の上層部には神殿から連絡がいくだろうし、わざわざ言いふらすようなことでもないから大丈夫じゃないか？」

「それを聞いて安心したのじゃ」

「で、アサオさんの用件は何だ？　ダンジョンドロップの余りを売ってくれるのかい？」

「それもあるんじゃが蜂系の魔物の情報が欲しくての。近場でいたりせんかのぅ？」

「蜂？　素材か蜂蜜でも欲しいのか？」

「ルーチェが蜂蜜を採ってみたいと言うんでな。体験がてらやらせてみようと思うんじゃ」

「んーまぁアサオさんが同行するなら大丈夫か。ちょっと待ってくれ」

　ゴルドは席を立ち、戸棚の書類を漁り目当てのモノを探す。

「魔物の生息分布をまとめてるんだ。無謀な冒険者や無駄な死人を出さないのに役立つからな」

　そう言いながら一冊のファイルを持って席に戻ってくる。

「蜂系ならこの森の入り口辺りだな」

　フォスの街周辺の地図で目当ての場所を教わる。ダンジョンへの街道から少し北へ逸れた所が目的の場所のようじゃ。

「ありがとさん。早速行ってみるのじゃ」

「無理はしないでくれよ。子供連れなら尚更だ」

「分かってるのじゃ。おぉそうじゃ、これを渡しておかんとな」

礼代わりに一枚のリストを手渡す。

「それがダンジョンドロップの余りじゃ。買い取るモノを選んでおいてくれんか？　次来た時に代金と交換じゃ」

「ありがたい。次までに選別しとくよ。鑑定したその場で代金を渡せるように準備しておく」

「じゃあまたの」

「ありがとうございました。いってきます」

ルーチェと共に執務室をあとにし、その足で街を出て街道に向かう。のんびり焦らず、ルーチェの速度に合わせてゆっくりした足取りで。

「おぉそうじゃ。ルーチェはどんな手段で攻撃するんじゃ？　攻撃スキルが特に見当たらんかったが」

「今のままならパンチとキックかな。スライムの姿でなら近付いて溶かすつもり」

五歳児が拳で語るのか。熱いのぅ。

「吸収のやり方は分かるのか？」

「溶かして取り込むだけだよ。一応食べる感じかな。美味しくないけど」

「味が分かるんじゃな一

「じいじと一緒にごはんを食べて、美味しいものが分かったから。それと比べるとぜんぜん美味しくないの」

美味いモノを知ると舌が肥えてくるからのぅ。今までの味が物足りなくなる弊害もあるから、それが出たんじゃな。

「今日はどうするんじゃ？　ヒト型でやってみるかの？」

「うん。このままやってみる」

「危なくなったら助けるつもりじゃが、なるべく自分でやるんじゃぞ」

「はーい」

誰かに頼るのが悪いとは言わんが、何もしないでただ付いてくるのは好かんからの。寄生はいかん。たとえ弱くてもやれることを精一杯やるのが大事なんじゃ。

街道から森までの道すがら見つけたゴブリンやウルフに、ルーチェの練習相手になってもらった。スキルが特にないにもかかわらず、パンチ、キック、絞め技と多彩な攻撃を見せるルーチェ。

倒した相手を〈吸収〉することで少しずつステータスも上がる。相手のステータスの一割いくかどうかを吸収できるんじゃな。まぁ全部だとすぐさま化物が完成するからの。

何度か戦闘したあとで確認すると、ルーチェのスキルに〈体術〉が付いとった。加護か称号の効果でスキル獲得が楽になっとるんじゃろか。その辺りは知識に入ってないからのぅ。

ダンジョンのことも聞き忘れてたから、今度まとめてイスリールに聞いてみるかの。

「どんなもんじゃ？」

「だいぶ慣れてきたよー。家にいた時はあんまり外に出られなかったから楽しー」

元気に答えるルーチェ。まだまだ体力的にも問題ないようじゃな。

「気を抜いちゃいかんぞ。何があるか分からんからな」

「はーい」

といってもその後も特に問題なく、何度か戦闘をこなす。

ただ一度だけ、ルーチェが蜘蛛に毒をくらった。攻撃自体は避けてたんじゃが、こっちから攻撃した時にもらったみたいじゃ。触れたら毒を受けるもんなんじゃろ。

すぐに《解毒》をかけたから問題はなかったんじゃが、〈ごくつぶし〉はスキル以外には発動しないんじゃな。それが分かったのは収穫じゃ。

「うぅぅ、なんか一瞬だけ変な感じになったよ、じぃじ」

「あれが状態異常じゃ」

「すごく嫌な感じだった」

「そうじゃろ。あぁなるとどんなに強くても十分に力が出んからな。弱い魔物相手でもあんなことになるんじゃ」

「次から気を付ける」

　頭を撫でながら諭すと、ルーチェは笑顔で頷く。いいクスリになったようじゃな。この辺りの魔物じゃ相手にならんからのぅ。天狗（てんぐ）になる前に気付けて良かったじゃろ。

《 33　蜂蜜採取 》

「さてそろそろ蜂がいるはずなんじゃが……」

　周囲を見回してもそれらしい姿はなし。マップにも特に表示されない。

「おぉそうじゃ。ルーチェ、蜂に少し試したいことがあるから、先にやらしてもらえんか？」

「ん？　いーよー。じいじに任せる。私は蜂蜜採りたいだけだから」

「ありがとの」

　ダンジョンで拾った神樹の腕輪の効果で攻撃されないなら、話せるんじゃないかと思ってな。イスリールからもらった言語スキルと念話スキルでいけると思うんじゃよ。話ができる相手なら、取引を試したくなるのが商人じゃて。最悪、失敗した時は倒せばいいじゃろ。ルーチェも蜂蜜を採りたいだけみたいじゃからな。

　森の入り口辺りをうろうろすること数十分。奥に歩を進めると、ブブブっと羽音が聞こえ、数匹の蜂が姿を見せる。ダンジョンのものより小さいがそれでも体長三〇センチほどはある。さて、どう転ぶかのぅ。

「蜂蜜が欲しいんじゃが、女王のところへ案内してくれんか？」

『ニンゲン？　コウゲキシナイ？　コッチモコウゲキデキナイ？』

「この腕輪があるからじゃろ」

ダンジョンで拾った神樹の腕輪を見せる。

『ハナシデキル？』

「うむ。念話で聞こえとる。こっちの声も伝わっているじゃろ？」

『キコエル。コウゲキシナイ？』

「そちらがしてこなければ、こちらからはせんよ」

両腕を広げて攻撃の意思がないことを示す。

ルーチェも真似してバンザイ。少し違うのぅ。

『アンナイスル』

蜂の後ろを追いかけること数分。大きな樹に辿り着く。

樹の大きさと比例した大きな洞が空いておった。

周囲を飛び交う蜂もその数を増しておる。ただ腕輪の効果が発動している為か、一切攻撃してこん。

『クイーン。ニンゲンツレテキタ』

蜂同士のコミュニケーションも念話みたいじゃな。いや分かりやすいように念話にしてくれとるのかもしれん。

「蜂蜜が欲しいんじゃ。姿を見せてくれんか？」

『ハナシガデキルニンゲントハメズラシイ。ワレワレヲミタラ、ニゲルモノバカリナノニ』

「普通はそうなのかもしれんのぅ。儂はこの腕輪があるから怖くないんじゃよ。それでまずは話をしてみようかと思っての」

神樹の腕輪をクイーンに見せると納得したようじゃった。

『ワレラヲキズツケナイナラ、コウカンシテモイイゾ』

「何と交換してほしいんじゃ？　こちらが出せるモノは木材、花粉、あとは食べ物くらいかの？」

『トレントガスノザイリョウニナル。ニンゲンノタベモノニモキョウミアル』

「なら木材と食べ物を適当に出すから、それと交換でどうじゃ？」

【無限収納】から丸太を大量に取り出す。あとは適当につまめる料理と甘味系も。

『コンナニイイノカ？　ソンナニハチミツワタセナイガ』

「いいんじゃ。また今度来た時に交換してもらいたいからのぅ。その為じゃよ」

老いぼれがやって効果があるのか分からんが、ウィンクしとくかの。

また真似するルーチェ。可愛いのぅ。

『アリガタイ。デハコチラモコレヲワタソウ』

蜂蜜と一緒に一つの指輪が渡される。

『シンライノアカシダ』

蜂蜜色の指輪じゃな。

『ソノウデワトオナジヨウナコウカガアル。コレヲツケテイレバ、ワタシタチカラコウゲキスルコトハナイ』

昆虫系に攻撃されないいんじゃな。ルーチェに装備させるかの。

「良い取引じゃった。ありがとう」

『マタクルガイイ、ニンゲン』

次に繋がったようじゃな。木材と食べ物を巣穴に運ぶ蜂たちを横目に、その場をあとにする。

「会話がちゃんとできる魔物もいるんじゃな」

「そうだね」

「一定以上の知恵を持った魔物が魔族のはずじゃからな。あの蜂たちは魔族になりかけなんじゃろ一

「そうかもね」

「攻撃してこない魔物には、一度話しかけてみるのがいいかもしれんな」

「ムダな戦いがなければ『いのちだいじに』になるもんね」

「そうじゃな」

ルーチェとそんなやりとりをしながら、のんびり街へ帰るのじゃった。

《 34　いちゃもん 》

クイーンとの蜂蜜交換を終えて数日が経過した。やることと言えば街中をのんびり散策。減った食料、料理の補充。メープルシロップ作り。ルーチェの慣らし運転がてらのレベル上げ。そのくらいじゃった。

漆の改良はひとまず放置じゃ。

ダンジョンドロップ品のギルドへの卸しも無事に終わっとる。どちらのギルドでもかなりの額の取引じゃった。

霊木、エルダートレントは在庫がほんの少しばかり残り、トレントは完売じゃ。虫系素材、樹皮も冒険者ギルドが全て買い取り、ロードヴァインの蔓が数本残ったくらいじゃな。【無限収納（インベントリ）】には沢山入るが、在庫抱えるのが好きじゃないからのぅ。

巨人樹の丸太が売れ残ったままなのは残念じゃ。

どちらのギルドでも買えないとはのぅ。そのうち浴槽にでも加工して使うかの。ヒノキ風呂ならぬ、巨人樹風呂じゃな。しかも丸太くり貫き式の贅沢品にしてやるか。

「じいじ、クイーンのとこ行こう」

今日の予定を考えておると、ルーチェがこちらを見ながらそう言ってくる。自分のレベル上げの場所は自分で選ばせてるんじゃ。

「蜂蜜はまだあるぞ？　あの辺りのモンスターじゃルーチェの相手にならんじゃろ？」

「なんか変な感じがするの」

そう言いながらクイーンにもらった指輪をさする。

「ふむ。なら行ってみるか」

早速二人でクイーンのいる森に向かい、森の入り口辺りでルーチェが念話を飛ばしてみる。

『クイーン、何かあった？　変な感じがしたから来てみたんだけど』

『ヒトトイタコカ。ヒトガワレラニナンクセツケテキタノダ』

『倒しちゃえばいいのに』

『オオクノヒトガクルコトニナレバ、ソレコソメンドウダ』

『うーん。とりあえずじいじと一緒にそっち行くね』

念話を終えて困り顔のルーチェ。五歳児がそんな顔をするんじゃない。

「面倒事に巻き込まれたみたいじゃな」

「そうみたい。なんくせ付けてきたのがいるんだって」

「蜂蜜もらえなくなったら困るからのぅ。さっさと退治するか」

「じいじが捕まっちゃうからダメ。相手が手を出してきたら反撃していいよ」

たしなめられたわい。知識もちゃんと身に付いてきておるようじゃ。


クイーンの巣に行くと、辺りは蜂ばかりだった。臨戦態勢ではあるが手は出していないようじゃな。

「来たぞい」

わざと大きな声を出して蜂、クイーン、冒険者それぞれに来訪を知らせる。冒険者は三人。クイーンの前に立ち、睨み合いを続けておる。

『ヨクキテクレタ』

「何があったんじゃ？　手出しはしとらんようじゃが」

「あんた誰だ？　この魔物に用があるのは俺たちだぞ」

リーダーと思しきスキンヘッドの男が、睨みながら話しかけてくる。

「クイーンと取引しとる商人の爺とその孫娘じゃよ」

「魔物と取引？　そんなことできるハズないだろ」

モヒカン男が馬鹿にしたように笑う。

「信じないのは構わんが、クイーンに迷惑かけるのをやめてくれんか？　大事な取引先なんじゃからな」

「別に迷惑なんてかけてないさ。俺たちから奪った丸太を返してほしいだけだ。ここら辺の蜂は大人しいって聞いたから通ったんだがな」

大仰に腕を広げ、スキンヘッドは口を開く。クイーンが手を出させないのが裏目に出てたとはの。

「丸太？」

『センジツ、ソナタトコウカンシタマルタダ』

クイーンが儂と交換した丸太がなんでこいつらのモノなんじゃ？

「お主ら、その丸太をどこで奪われたんじゃ？」

「森の入り口辺りでそこらを飛んでる蜂に奪われたんだよ。こちらが手出しできないと思いやがって」

頭の弱そうなモヒカンでも、蜂の脅威自体は分かっとるようじゃ。手練れであっても数の暴力は厄介じゃからな。

『カゾクハダレモヤッテナイゾ』

「やっとらんと言ってるんじゃが？」

「い、、魔物とヒトのどっちを信じるんだよ　爺さん」

小馬鹿にしたような笑みを浮かべたスキンヘッドが近付いてくる。

「クイーンは魔物より魔族に近いからのぅ。話し合いの最中に背後を取ろうとする奴らより、遥かに信じられるんじゃが」

ここで儂は振り返り、指をひと振り。《泥沼(スワンプ)》で周囲を沼地に変えると、背後を取ろうと移動していた女が足を止める。

浮いとるクイーンたちには何の問題もないじゃろ。

スキンヘッドがこちらを睨む。

「これは攻撃の意思アリと見ていいのか?」

「お互い様じゃろ。それに攻撃能力ゼロの沼と背後を取る冒険者、どっちのほうが危険じゃや?」

「チッ。シーナ、戻れ。デナンも剣から手を放せ」

舌打ちしたスキンヘッドの傍に女が戻り、モヒカンは抜く寸前の剣から手を放す。切っ先を向けられれば正当防衛にできるんじゃがな。

「俺らは丸太さえ返してもらえばここに用はない」

「その丸太はどうやって運んでたんじゃ?　アイテムボックス持ちには見えんのじゃが」

「担(かつ)いできたんだよ」

当然だとばかりに即答するスキンヘッド。あのサイズの丸太を担いだじゃと？

『クイーン、とりあえず一番細い丸太を持ってきてくれんか？　本当に持てるんならそのまま渡してしまったほうが楽じゃ。代わりの丸太は後で渡すから、頼めんか？』

クイーンに念話を飛ばしつつ次の手を打つ。

「その丸太はどこで採れたんじゃ？　魔物からのドロップ品や、解体品じゃないんじゃろ？」

「ダンジョンのドロップ品だよ」

「ダンジョンドロップの品を担いで運んでたんか？　しかも街道を逸れて森近くを歩いてか？」

「そ、そうだよ。どこを歩こうが勝手だろうが」

も少しまともな嘘を吐こうと思わんのかのぅ。

そうこうしてる間に一番細い丸太が一本持ってこられる。蜂一〇匹ほどで掴みながら。

『コレデイイカ？』

「ほれ。この丸太でいいんじゃな？　持ってみてくれんか？」

「こんなでかい丸太じゃねぇよ。俺の腕くらいの太さのものだ」

「そんな丸太あったかの？　これが一番細い丸太なんじゃが」

大人二人で抱えられないサイズの丸太。これを三人で担いで運んでいた。そう言ったの

にお前さんじゃ
　そんなものをダンジョン内で運べないから、普通はアイテムボックス持ちの運搬専門職が同行するんじゃろ。

「そろそろいちゃもん付けてたのを認めて帰らんか？　今なら被害なしで無事に帰れるぞ？」

「なんで金が目の前にあるのに、帰らなきゃなんねぇんだよ。この目であるのは見たんだ。いいから早く細い丸太を渡せよ」

　チンピラか。途中まではそれなりの冒険者風じゃったのに。まぁ得物を抜かないだけまだマシなほうかの。

「分かった分かった。クイーンに迷惑かけるのはマズいからの。街のギルドまで儂と同行するんじゃ。そこでこれを見てもらって判断してもらうのが一番じゃろ」

　ここまでの《記録(レコード)》を見せると三人の顔色が一変する。

「おいロック、これこのまま消えたほうがいいぞ」

「なんでこんな爺さんがこんな魔法を使えるのよ」

「そうだな。このままズラかろう」

　ひそひそ話のつもりか知らんが丸聞こえじゃ。コントか？

「どうやらこっちの勘違いだったようだ。別の群れに掻(か)っ攫(さら)われたみたいだな。蜂違いで見分けが付かなかったらしい」

なんか爽やか風にセリフ吐きながら距離を取ってるのぅ。

「早く取り返したいから、時間を無駄にするわけにはいかん。もう一度探すぞ。デナン、シーナ行こう」

棒読みセリフでこの場を去るスキンヘッド。モヒカン、女は頷きながらそそくさと後を追う。少し離れた所で一度振り返った三人は、そこから脱兎の如く逃げ出した。

「ロック、デナン、シーナねぇ」

「どうしたんじゃルーチェ？」

それまで無言だったルーチェが口を開く。念話で蜂を宥めながら状況を見守っていたようじゃ。

「『ろく』『でな』『し』」

「似た者同士で集まったからじゃろ。名前は偶然なんじゃろうが……神様のイタズラかのう？」

折角来たのだからとクイーンたちと食事をして、お開きとなった。

ヒト種が迷惑かけた詫びではないが、食事を沢山出したら喜ばれた。こんなことで取引が終わりになったら勿体ないからのぅ。

明日からまた料理補充するかの。そろそろ次の街へ行ってもいいじゃろ。

《 35 善意の一般市民 》

翌日、ろくでなしパーティの報告がてらに冒険者ギルドを訪れる。被害はなかったがクイーンのことも伝えておこうかと思っての。丁度領主様（あのバカ）の一件の結果が出たと宿へ連絡も来たしのぅ。


ベルグ亭で朝食を済ませ、ルーチェと共に冒険者ギルドに向かう。

受付での挨拶もそこそこに執務室へ通された。

「おはようございます」

「おはようさん、ゴルド。来たぞい」

戸を開けて挨拶しながら室内に入る。丁寧な挨拶のルーチェを見習うべきかのぅ。

「おはようアサオさん。何度も来てもらって悪いな」

「儂の用事のついでじゃから平気じゃよ。それに領主様（あのバカ）のことを外で話すわけにもいかんから、しょうがないじゃろ」

申し訳なさそうなゴルドに、理解を示しておいた。

「ま、そうだな。だから俺も呼ばれたんだ」

ゴルドと対照的に、先に来て待っていたらしいジルクは、あっけらかんとしたもんじゃ。

「それでお前さんもいるんじゃな」

「半月振りくらいか？　元気そうで何よりだ。その子が神殿の子か？」

「ルーチェです。よろしくお願いします」

お辞儀をしながら挨拶をするルーチェ。

「警備隊隊長をやってるジルクだ。礼儀正しい子だな」

「そりゃ儂の孫娘じゃからな。当然じゃ」

照れるルーチェに、儂へじと目を向けるジルク。

「血は繋がっとらんが、可愛い孫じゃ。魔族とか関係なくの」

脱力したかのような仕草を見せて、苦笑いを浮かべるジルクとゴルド。

「おぉそうじゃ。魔族繋がりで一つ報告があるんじゃ」

「前に教えてもらった森の入り口の蜂が魔族になりかけてます。そう時間はかからないと思いますよ」

ルーチェの説明は簡単じゃが、的を射てるのぅ。

「蜂が魔族に？　そんなに知性がついてるのか？」

「儂と取引できたからのぅ。十分知性はあると思うぞ。まだ念話でしか会話できんがの」

「そうか、通知を出しておく。無闇に手を出されたら困るからな」

すぐに通達書を作るゴルド。

「こちらから話すことは理解できるんだな？」

「うむ。あちらの言葉は念話を覚えていないと分からんが、こちらから伝えるだけなら問題ないぞ」

「蜂系は巣穴付近を荒らしたり、攻撃したりしなければ害は少ないから、攻撃の意思がないことを伝えられれば大丈夫そうだな」

「そうだな。警備隊にもその旨を伝えておく」

ジルクも頷きながら好意的な反応を示す。

「あと冒険者が蜂のクイーンにいちゃもんつけてたんじゃ。記録はあるが、被害がなかったから泳がせても平気じゃろ」

「蜂にいちゃもんって何してるんだよ。それこそ問答無用で攻撃されて死ぬだけだぞ」

驚きと呆れから、若干声量が上がるジルク。

「その辺り、目端が利くんじゃろうな。実際クイーンたちが手出ししたら討伐隊が組まれるかもしれんからな」

「そこまで理解できるなら、もう魔族と名乗っても十分じゃないか？」

ゴルドも同意らしく頷いておるが知性、知能を測るものさしがないからのぅ。どこからが魔族で、どこまでが魔物なのかはヒトそれぞれの判断じゃろ。ヒト型を取れるだけで魔族と言う者もおるようじゃからな。

「まぁ、あの辺りであんまりやんちゃさせんでくれ。大事な取引先じゃからな」

「分かった分かった。ちゃんと通知しとくから心配しなくて大丈夫だ」

ゴルドは儂にギルドマスターの署名入りの書類を見せ、テーブルに置く。

今の間にここまで済ますとはやるな。儂の中でゴルドの評価がうなぎのぼりじゃ。

「魔族の話題はここまでにして、領主様の件だ」

ゴルドが話を本題へと戻す。

「どうなったんじゃ？」

「中央預かりになったからこちらはもう手を出せない。いや出さなくて良くなった」

「ふむ。上に回されたんじゃな」

「そうなる。これで握り潰すようならこの国に先はないだろ」

真剣な眼差しで儂を見据えるゴルド。

「そうじゃな。それ即ち中央が腐っとる証拠じゃからな」

そこまで腐ってないのを祈るしかないのぅ。

「善意の一般市民はもう何もせんでいいんじゃな？」

「一般市民ねぇ……」

再びじと目のジルク。

一般市民で間違っとらんぞ。儂は勇者でも賢者でもないし、冒険者でもないからの。たたの商人の爺じゃ。

「贈賄（ぞうわい）、収賄（しゅうわい）、奴隷以外の人身売買、その他にも暗いモノがごろごろ出てきたんでな。一般市民さんに話せる案件じゃなくなったんだよ。だから出頭（しゅっとう）要請もなしだ」

説明を引き継いだジルクは腑（ふ）に落ちないのか、一般市民の部分を強調しておった。

「まぁ面倒がないならそれで構わん」

「じいじ、今度その中央に行こうね。珍しい物ありそうだし」

「そうじゃな。観光でなら行っても良さそうじゃ」

ルーチェに色々見せてやるのは大事じゃからな。面倒事がないなら、行くのもやぶさかではない。

「他にないならもういいじゃろ」

「あ～、少し相談があるんだ」

席を立とうとするとジルクが声をかけてくる。

相談とは珍しいのぅ。と言うより初めてじゃろ。

「警備隊のことと個人的なことなんだ」

真面目な顔を見せ、こちらを見つめてくるジルク。

「用件によるが、話だけは聞こうかの」

「ありがたい」

一服しながら話を聞こうと、【無限収納】からいろいろ取り出していく。

「いや結構真面目な話なんだが」

「だからじゃよ。そんな切羽詰まった顔しながら話したんじゃダメじゃ。適度に肩の力を抜かんとな」

先刻までの軽い感じが全くないからの。そんなシリアスな展開は苦手なんじゃよ。

儂はこの場にいる四人分の茶と茶請けを準備し、聞く態勢を整えるのじゃった。

《36　警備隊長の頼みごと》

「さてジルク、話を聞こうかの。どっちからでも構わんぞ」

全員分の緑茶を用意し、茶請けはかりんとうにしておいた。

「警備隊のほうを先に相談したい」

私的なことより公的なことを優先か。まぁ当然じゃろうな。それができないなら隊長になれんじゃろ。

「警備隊の鍛錬と実地演習に同行してもらいたい」

「それは商人に頼む内容じゃないじゃろ」

「分かってる。でも回復魔法の使い手が少ないのが実状だ。だから依頼したい」

「尋問の時の《快癒》を見たからか？」

「そうだな。《治癒》の使い手はまだいる。でも《快癒》はまずいない。それで依頼したい」

　別段、隠すような魔法でもないから使ったんじゃがな。

「あと、アサオさんの状態異常魔法を使った鍛錬をお願いしたいんだ。経験してるのとしてないのとじゃ、実戦になった時に雲泥の差が出る」

「対魔物、対ヒトに限らずそんな状況は起きるからのぅ。そこを安全に訓練するのに儂の魔法か」

「あぁ。状態異常での訓練なんてそうそうできるもんじゃない。そんな貴重な経験を積めるチャンスがあるなら、頼みたくなるのが正直なところさ」

「状態異常も回復もできるからのぅ」

　そんな状況にならないのが一番じゃがな。いつもそんなに上手くいく保証はないからの。その時の為、日頃からの訓練に追加したいと。

「状態異常の鍛錬は分かったが、実地演習はどうなんじゃ？」

「近隣の魔物を退治しながらの野営訓練になる」

「そこは冒険者ギルドも関係するんだ」

　ここまで無言だったゴルドが口を開く。

「街周辺の魔物討伐は毎日のように依頼が出る。ただどうしても受け手のいない案件ってのが出ちまってな。そんな案件を警備隊が月一くらいで消化してくれてるんだ」

「依頼を選ぶ権利は冒険者にあるからのぅ。かといってそう頻繁に強制依頼を出すわけにもいかんしな。それで警備隊の実地演習に組み込んでの討伐か。よく考えられておるのぅ」

「討伐依頼を塩漬けにするわけにはいかないから苦肉の策さ。放置していたら手に負えない状況になってました、じゃ笑えないからな」

冗談めかして話すゴルドじゃが、表情は真剣そのものじゃった。

「そこで今回の俺たち警備隊の実地演習にサポートとして同行してほしいんだ。状態異常の訓練の後に魔物討伐になる。補助、支援魔法の使い手の重要性を見直すいい機会だと思うんだよ」

今現在は事務方や専門職の為の魔法じゃからな。バフ、デバフともに実際に経験すれば見方も変わるか。

「ルーチェも一緒じゃから、前線に出ることはナシでいいんじゃな？」

「子供を矢面に立たせることはない」

力強く頷き、断言するジルク。

「なら受けても良いかのぅ」

「ん？　決まったの？」

もくもくとかりんとうを食べておったルーチェが顔を上げる。

「警備隊の訓練に協力することになったんじゃ」

「それ私も参加できる？」

「訓練に参加したいのか？」

ルーチェの口ぶりに、ジルクは驚きの表情を見せる。

「ヒトと戦ったことないから参加したい」

「とのことなんじゃがいけるかの？」

「いや子供を参加させるのは……」

言葉を濁すジルク。

「ルーチェは怪我もせんし、たぶん警備隊の面々より強いと思うぞ」

「こんな子供がか？」

ジルクは疑いの眼差しで見てくる。まぁ疑うのも無理ないじゃろ。見た目五歳の女の子じゃからな。

「ウルフ、ラビ、ゴブリンを一人で倒せるからのぅ。余裕の無傷でな」

「うん。問題ないよ。だって私スライムだし」

そう言いながらぷるぷるしたスライムに姿を変えるルーチェ。

「それが本来の姿なのか。スライムの魔族はかなり数が少ないから初めて見るな」

「でもスライムって弱くなかったか？」

ジルクとゴルドの反応が一般的なんじゃろな。決して弱い魔物じゃないんじゃがな。

「対処法を知ってるなら強い魔物には思えんじゃろ。ただ基本的に物理攻撃が効かんからな、駆け出し冒険者や鈍器使いとは相性の悪い相手じゃよ」

「なんでも食べる弱い魔物って印象しかないんだよな」

顎に手をやりながら思案顔をするゴルドが呟く。

「ゼリーを貫通してコアを壊せるだけの力があれば弱く感じるじゃろ。もしくは魔法が使えるならな」

「それで私は参加できるの？　できないの？」

姿を戻し問いかけるルーチェ。

「アサオさんがいいなら参加を認めるが、大丈夫か？」

「問題ありそうなら止めるから大丈夫じゃろ」

ルーチェの心配をするジルクじゃが、問題があるとしたら警備隊のほうじゃからな。心が折れるまでやらないように注意しとかんとな。

「警備隊の絡む依頼はこれで全部かの？　個人的な相談はなんじゃ？」

「あぁそうだな。そっちがまだあった」

ジルクは真面目な顔をしつつも、少しだけ落ち込んだようにも見える。が、意を決したのか突然立ち上がり、頭を下げてきおる。

「娘を……娘を助けてほしい」

　上半身を直角に曲げながら、ジルクはそう告げた。

《　37　警備隊長の個人的な依頼　》

「どういうことじゃ？」

「俺の娘の怪我を治してもらいたい」

「怪我？」

「あぁ、右手の指先がないんだ。数日前にちょっとした不注意で落としちまった」

　利き手がどっちか分からんが、指先がないのは不便じゃろ。

「儂の《快癒（ヒールオール）》でいけるのか？」

「更に上位の回復魔法でないとダメだと思うんだ。アサオさん、使えないか？　《快癒（ヒールオール）》を平然と使うあんたなら使えるんじゃないかと思って聞いてみたんだ」

　藁（わら）をもすがる思いで儂に頼ったんじゃろう。子供の回復を願わない親はいないからの。

「《復活（リザレクション）》を使えるぞ」

　欠損回復まではこれでいけたはずじゃ。

「頼む！　娘に、ニーナにそれを使ってくれないか！」

掴みかかる勢いで儂の肩に手を置くジルク。このままじゃと土下座（どげざ）までするんじゃないかの。

「案内してくれんか。治せるか分からんがやるだけやってみるのじゃ」

「ありがとう！　本当にありがとう！」

ジルクに連れられてギルドを出る。そのまま案内されたのは神殿北側にある邸宅だった。

豪華とまでは言わんが大きめの一軒家じゃな。

「隊長ともなると良い家に住んどるんじゃなぁ」

「帰ったぞ。ニーナはいるかい？」

「あらおかえりなさい貴方。今日は早いのね。そちらの方たちは？」

「商人のアサオさんだ。ちょっと理由があって一緒に来てもらったんだ。アサオさん、こっちは妻のエリーだ」

「主人がお世話になってます。エリーと申します」

「アサオじゃ。こっちは孫のルーチェじゃ」

ぺこりとお辞儀だけするルーチェ。

「それでニーナはどこに？　部屋かい？」

「ええ。指の怪我もあるからまだ安静にしてるの。痛がってるから《治癒（エイド）》だけはかけてるんだけど――

ーズ、アサオさん一緒に来てくれ。早速頼みたい。エリーも一緒に」

「何をするの？」

疑問の表情を浮かべるエリーにジルクが言葉を足す。

「ニーナの指が戻るかもしれないんだ」

「指が？　そんな高位の回復魔法が使える方が見つかったの？」

「あぁ。アサオさんが使える」

「ちょっと待って。アサオさんは商人なんでしょ？　なんでそんな高位魔法を」

「アサオさんなら不思議じゃない」

ジルクよ、お前さんもか。それを免罪符（めんざいふ）にしとらんか？　まぁそんなことに気を配（くば）る余裕もないんじゃろうが、イマイチ納得できんのぅ。

「とりあえずすぐにでもやってもらいたいんだ」

「ええ、治るなら早速お願いします。ニーナの部屋はこちらです」

二人に促されて部屋に入ると、ベッドにルーチェと同い年くらいの子が寝ていた。右手に少し血が滲（にじ）む布を巻いた姿で、顔色も悪く、額には汗が浮かんでいる。

「アサオさん、お願いします」

揃って頭を下げるジルク夫妻。

「《復活（リザレクション）》」

儂がそう唱えると、ニーナの身体を優しい光が包む。徐々に額の汗が引いていき、顔色も良くなる。やがて光が収まると、ニーナは身動ぎをして、瞼を開く。

「あれ？　おとうさん？　どうしたの？」

目が覚めたら、朝出かけたはずの父がいるんじゃから、不思議なんじゃろ。そのジルクは今にも泣きそうな顔をしとるしの。

「どこかいたいの？」

そう言いながらニーナがジルクへと右手を伸ばす。右手を上げても全く痛みはなさそうじゃ。

「あれ？　手がいたくない。なんで？」

その言葉を聞いたジルクとエリーは涙をこぼし始めた。抱き合い声を上げ泣いておる。

「ルーチェ、少し席を外すぞ」

「はい」

小さな声でそう呟き、二人で部屋を出る。先程通ってきた広間で一家を待つことにしようかの。

しばらくすると赤い目をした三人が広間に姿を現した。

「アサオさん、本当にありがとう」

「ありがとうございました

「おじちゃんありがと！」

口々に礼を述べてくる。元気になったようじゃ。右手に布のないにこやかな表情は、見ていて嬉しいのぅ。

「アサオさん、このお礼はどうしたらいい？　金貨くらいしかないんだが」

「金はいらんよ。ただ警備隊のことと併せて頼みがあるんじゃ。それをお代にしてもらえんかの？」

「言ってくれ。法に触れない限りは何だってする」

聞いてくれそうじゃな。

「もう少ししたら儂らは旅に出る。そしたらポウロニアの工房とベルグ亭を警備してほしいんじゃ。それとなくで構わんからの」

「そんなことでいいのか？」

「街の巡回警邏の経路に加えてくれればいいんじゃよ。善からぬことを考える馬鹿が出てくるかもしれんのでな」

ポニアやベルグ亭に儂が新たな知識を与えたのをやっかんで、馬鹿なことを考える輩が出てきてもおかしくないからの。先手を打って睨みを利かせておいて損はないじゃろ。

「分かった。それで手配しておく。ただ他にもあれば言ってくれ。必ず力になるから」

そこまでの恩義を感じんでもいいんじゃがな。ちょっとばかり魔法を使っただけなんじゃから。

「その時は頼むのじゃ。では帰るかの。ルーチェ、行くぞ」

「はーい。またねニーナちゃん」

「ばいばーい」

大人が難しい話をしてる間にお子様二人は仲良くなっておった。

「ルーチェちゃん、また来てね。アサオさんもぜひまたいらしてください」

母親らしい応対のエリー。

「そうじゃ。警備隊の件は明日からでいいのか？」

「明日の朝、詰め所に来てもらえれば大丈夫だ。今日のうちに説明はしておく」

「じゃあまた明日じゃな」

手を上げてジルク家を後にする。

今日はまだまだ時間があるのぅ。料理の補充をするかの。

明日以降の訓練に備えてのんびり散策することに決めるのじゃった。

《 38 警備隊訓練 》

普通の市民ならそうそう訪れることもなく、また厄介になることもない警備隊詰め所。

そこにルーチェと一緒に向かう。

朝食も身支度も万全に済ませてある。

訓練内容が分からんからのぅ。いつも通りの朝食を食べ過ぎないようにするくらいじゃった。

それでもルーチェはにこにこ食べておったがの。

詰め所に着き中に入ると、ジルク本人が出迎えてくれた。

「アサオさん、ルーチェおはよう。今日はよろしく頼む」

「おはようございます」

「おはようございます」

てっきり一般警備隊員に取り次いでもらうことになると思ってたんじゃがな。面倒事を減らしたかったのか、それなりの応対をする相手だと周りに知らしめる為なのかは分からん。それでも儂を舐める奴はおるじゃろうが。

「早速習練場に案内する。一応の説明はしてあるが、そこで改めて紹介するからな」

「分かったのじゃ」

ジルクの後を追って習練場に入る。

そこは小さな円形闘技場のような造りになっており、綺麗な隊列を組む隊員が並んでおった。習練場に観客席などはないが、見学者用のスペースは十分確保されているようじゃ。

周囲を見回しながらそんなことを考えていると、ジルクに呼ばれる。

「今日から数日間、鍛錬、訓練に同行してもらうアサオ殿だ。冒険者ではなく商人だが、実力は我らの遥か上になる。皆、粗相のないよう注意しろ」

ジルクの言葉に、整列している警備隊の面々から軽いどよめきが起こる。

まぁそうじゃろ。小さな女の子と爺じゃからな。

「皆、実力を疑問視しているようだ。この後、嫌ってほど理解するんだが、仕方ない。副長と手合わせしてもらえるか？」

見た目だけで判断し、実力を見抜けない隊員に苦笑しかできないジルクから依頼される。

「儂は構わんぞ。どのくらいまでやっていいんじゃ？」

「殺しと再起不能はナシで頼む。副長には言い含めてあるから心も折れないだろう」

ふむ。すぐに無力化していいんじゃな。

「副長のビアルデと申します。お手合わせ宜しくお願いします」

ジルクより図体が大きく、見るからにパワーファイターな青年が目の前に現れる。ただ見た目と違って粗野な雰囲気はない。

「アサオじゃ。よろしくの」

「二人とも中央へ。準備が整ったら言ってくれ」

挨拶もそこそこにジルクに促される。

ルーチェはジルクの隣にいればいいじゃろ。


木剣を構えるビアルデと距離を取り、習練場中央で相対する。

杖を持った爺と、木剣を持つパワーファイターな青年。普通なら結果は見えとるな。

「では、始め!」

合図と共に無言で距離を詰めてくるビアルデ。

それよりは早く魔法を展開。

「《鈍足(スロウ)》《泥沼(スワンプ)》《虚弱(フィーブル)》」

一歩も動かず魔法三連発。

素早さを奪い、更に足場を悪くして機動力を落とす。ついでに身体能力も落とすという嫌がらせコンボじゃ。

慌てふためくビアルデにとどめの一発。

「《束縛(バインド)》」

手足の自由を奪われて為(な)す術(すべ)なくその場に佇(たたず)むビアルデ。

「それまで!」

ジルクの声が響く。それ以外の声、いや音はなし。

「じいじの勝ちー」

笑顔で宣言するルーチェ。

魔法を全て解除し、ビアルデを解放する。

「ここまでの実力差があるとは思いませんでした。ありがとうございました」

驚きの表情を浮かべながらも、ビアルデはどこか嬉しそうに話す。

「儂は魔法使いじゃからな。距離が詰まればまた別の結果じゃったじゃろ」

「いえいえ。一切攻撃魔法なしで無力化されましたから」

その辺りも分かっていたんじゃな。

「今見たモノが現実だ。副長ですら何もできずに拘束された。これでアサオ殿の実力は理解できただろう」

ジルクが告げても、隊員たちは声も出ず無言だった。

「ジルク、その『殿』はやめてくれんかの。むず痒くてダメじゃ。いつも通りで構わんぞ」

「いや立場とかいろいろあるから」

「いつも通りで構わんぞ」

再度の念押し。

「分かったよ。アサオさんもこう言っている。失礼のない程度に崩してくれ」

シルクの言葉で多少緊張も解れたのか、隊員から安堵の声が漏れる。もう一つ確かめとくかの。

「それでどうするんじゃ？　ひと通り儂が相手するんかの？」

「いや、隊員同士で組手をさせる。そこに状態異常魔法を適当にかけて回ってくれるか？」

「希望の魔法、もしくは指定の魔法はあるかの？　大抵の状態異常は使えると思うぞ」

「さっきの足を遅くするやつと毒を基本に、あとは任せる」

「分かったのじゃ」

得意分野を消す方向でいろいろかけて回るかの。

「あとルーチェの相手は誰がしてくれるんじゃ？　百人組手みたいに手隙の隊員との連戦でも平気なんじゃが」

拳を握ってやる気満々なルーチェが可愛いのぅ。

「状態異常体験組手、休憩、通常組手、ルーチェの相手、と順に回していこう」

「わーい。いっぱい戦える」

ジルクの決定を聞いた上での、不穏な発言の五歳児に視線が集まる。

通常の組手の最中に状態異常にされる、最初から毒を浴びているなど、いろいろな状況を想定し訓練が進んでいく。

力自慢の隊員には《虚弱（フィーブル）》を。

一撃の重さはないが、的確に攻撃を当てていく者には《暗闇（ダスク）》を。

魔法が得意な後衛には《喪失（ロスト）》を。

攻撃を一手に引き受け、仲間の被害を減らす盾役の体力自慢には《麻痺（パラライズ）》を。

集団戦の時には意思疎通（そつう）の邪魔の意味で《沈黙（サイレス）》を。

そんな嫌がらせばかりの訓練を終えると、ルーチェとの組手が待っておる。魔法も武器も使わない無手（むて）の五歳児にどんどん伸（の）される警備隊。体術全般がルーチェの武器じゃからな。

「やっ！　はっ！　とーっ！」

そんな声が響く後には大抵倒れた隊員がおる。

小さく素早い子供が距離を一気に詰めてくる。そこから繰り出される拳と蹴（け）り。なんとか防いだと思ったら関節を取られ極（き）められる。時にはそのまま背後に回られ絞め落とされる。

「トラウマにならなきゃいいんじゃがのぅ」

そんな風に考えていたが、隊員たちはほぼ笑顔じゃった。これ、何かを目覚めさせたんじゃないじゃろか？

「アサオさん、ルーチェも化物だな。ああも簡単に隊員が倒されるとは思わなかったよ」

隣に来たジルクは驚きの表情を浮かべている。

「儂の孫じゃからな」

「いやその理由はおかしいからな」

胸を張る儂に、ジルクは苦笑いを浮かべておった。


その後も昼休憩などを挟みながら入れ替わりで訓練をした。

通常業務もあるからの。なるべく多くの隊員に経験させるのが目的のようじゃ。

「「「ありがとうございました」」」

日も暮れた頃、並んだ警備隊員に挨拶をされて訓練は終わりになった。

最初は状態異常体験訓練の意味を理解できない隊員もいたが、最後には理解したようじゃな。いつでも十全な状態で事に当たれるわけではないからの。その時になって慌てたんじゃ、最悪命に関わるからのぅ。

若い隊員に見送られて習練場を出る。

宿屋への帰り道、儂とルーチェが気にするのは晩ご飯と風呂のことじゃった。

「晩ご飯なにかなー」

「今日は動いたからのぅ。肉が食べたい気分じゃな。それより先に風呂で綺麗にせんとな」

「そうだね。さっぱりしてからご飯だね」

仲良く手を繋ぎながら二人で帰路につくのじゃった。

《39 実地訓練――魔物討伐》

昨日の習練場での訓練に続いて、今日はいよいよ実地訓練となる。冒険者ギルドで塩漬けになりかけた案件の魔物討伐がそれじゃ。

街周辺の治安維持と戦闘訓練の一挙両得。討伐依頼として受けるわけではないので討伐報酬はなし。ただ討伐した魔物の買い取りはしてくれるので、警備隊員の小遣い稼ぎにはなる。

事前にギルドから依頼された地域での実地訓練は、多対多から個人討伐まで多岐にわたる。基本的には一人で動くことがなく、集団戦の訓練となる。そうは言っても個人の力量が伴わなければ何もできん。その為に個人討伐も組み込まれておった。

ただ回復担当役や後方支援組にまで、直接討伐をやらせることはないようじゃ。

警備隊の付近での狩りと、手が足りない時の回復要員が儂の今日の仕事じゃな。

「アサオさんの普段の狩りを見せてもらってもいいか？」

ふとジルクが告げてきたので、参考がてらに狩りを見せる。

こちらに敵意を見せた魔物のみを《麻痺》《束縛》で無力化してから、初級魔法でトドメ。

ルーチェは美味しい魔物のみ狙い撃ちで攻撃。

「こんなもんじゃが参考になるんかの？」

「《麻痺(パラライズ)》させるのは何の為だ？　そのまま攻撃しても問題ないだろ？」

ジルクには不思議に思えたんじゃな。

「儂は『いのちだいじに』をモットーにしとるんじゃよ。無駄に戦わず基本は逃げじゃ。その為に動けないようにする《麻痺(パラライズ)》などの魔法を使ってるんじゃ。それでも諦めない奴には初級魔法をぶっ放すがの」

「いや初級魔法の威力じゃねぇだろ」

「威力は知らんが、使ってるのは初級だけじゃよ。中級以上の攻撃魔法は知らんからの」

教われば使えるかもしれんが、今時点では本当に使えんからな。

「状態異常を駆使(くし)すれば安全に狩りができるじゃろ？　昨日身をもって威力を知ったハズじゃ」

隊員たちは無言で頷く。実力差以上に一方的な展開になることもザラじゃからな。勿論ひっくり返すことも容易(たやす)くなる。

「態勢をととのえるとか、間合(まあ)いを取る為にも、魔法が得意な隊員は少しでもいいから使えるようになると便利じゃよ」

「補助支援系の使い手はほぼいないのが現状だな」

「攻撃魔法は教わってますが、回復以外の補助系は知りません。実際この目で見て、体験するまでいらない魔法だと思ってました」

ジルクの言葉を引き継ぐように警備隊の魔法使いが答える。それがこの世界の常識なんじゃな。

「ほとんど使い手がいないんじゃそんなもんじゃろうのぅ。それでも体験すると見方が変わって面白いじゃろ？」

「はい。他の隊員の補助がとても楽になります。回復以外でも役に立てるとは思いませんでした」

目を輝かせながら同じ隊員が口にする。

「回復専門役も大事なんじゃがな。それでもやれることをやって味方の安全に繋がるのは良いことじゃ」

「隊長、これは魔法使いを募集して育てるのもいいかもしれません」

「魔法適性が高いのに攻撃、回復魔法が苦手な子がいたのは、そのせいだったのかもな」

隊員からの進言にジルクは思い当たる節がありそうじゃな。

「直接的な戦力にはならないかもしれんがの。でもいるのといないのとじゃ雲泥の差じゃろ？」

「そうだな。街に戻ったら一考の価値ありだ」

「まぁ今いる子たちの育成と一緒にやればいいじゃろ」

今日同行した隊員の中にも何人かいる魔法使いを見やりながら、ジルクにそう進言する。

その後は状態異常にした魔物のトドメを警備隊に任せるだけの簡単な仕事じゃった。

「認識が変わるきっかけくらいにはなったじゃろ」

雑魚だと思っておった魔物からの状態異常攻撃にも気を付けるようになったのは、嬉しい誤算じゃな。


日暮れまで、訓練と称した狩りを続ける。この後の野営もあるので、食料となる魔物は解体して確保しておく。解体も訓練の一部になるようじゃ。

さて野営では何が食べられるんじゃろうか。あんまり期待はしとらんが、せめて美味しいモノを食べたいのぅ。

期待してないフリをしてみる儂じゃった。

《 40 実地訓練――野営 》

お楽しみの食事の時間となる。明日への活力ともなる大事な時間じゃな。

後方支援組が主となって調理をこなす。その間に前衛組はテントやテーブルのセッティング。治安維持として街の外でも活動する機会があるらしいので、いろいろ覚えるようにしとるそうじゃ。

薪をくべた簡易竈に寸胴鍋（ずんどうなべ）を置き、水を入れる。湯が沸いたら野菜を少し刻んで鍋に放り込む。味付けは塩のみ。

……これで終わりなのか？

昼間に狩ったラビやウルフの塊肉を棒に刺して塩を振る。それを火の傍に立て掛けて焼いていく。

こっちもこれで終わりなのか？

いやダメじゃろ。持って来たままのパンに塩スープ、塊肉を焼いただけって。アイテムボックス持ちがいないとはいえヒドイじゃろ。

「ジルク、野営の食事はこんなもんなのか？」

「ん？　パンにスープ、あとは肉があるから十分じゃないか？」

いつもなんじゃな。これじゃ元気が出んじゃろ。

「じいじ、あれきっと美味しくない」

「儂もそう思う。これは簡単なモノを作るしかないかの」

【無限収納（インベントリ）】から取り出してもいいんじゃが、一応野営訓練に同行しとる身じゃからな。せめてこの場で作るくらいはせんとダメじゃろ。

「儂らの分は自分で作ってもいいかの？　あれじゃ元気が出ん」

「足りないなら作って構わないぞ」

ジルクよ、足りないじゃなくて食べたくないんじゃよ。

まぁ許可が貰えたから良しとするかの。

焼かれた塊肉をひと口サイズに切り、一部をスープの中へ。残りを昼間の狩りがてらに採取した山菜、野草と炒め醤油で味付け。

同じく採っておいたキノコを刻んでスープに入れる。彩り（いろど）として山菜、野草も少し加え、醤油で味を調え、これで二品完成。

焼かれた塊肉をもう一つ貰ってスライスしたら、両面を軽く炙り（あぶ）、テリヤキタレをかけてパンに挟む。マヨネーズも一緒に入れ、これで完成じゃ。

「さてルーチェ、晩ご飯にするかの」

「はーい」

二人分の食事が出来上がりじゃ。

「「いただきます」」

声を揃えて晩ご飯開始。

スープにもしっかりダシが出ておるのぅ。醤油の風味もあるし、なかなかじゃな。

「このパン美味しー」

「テリヤキバーガーじゃよ。ベルグ亭でも出てきたあれを挟んだんじゃ」

宿屋で出てきたのはテリヤキチキンが多かったがの。甘塩っぱい味にマヨネーズの酸味とコクが利いとるのぅ。

肉野菜炒めにテリヤキバーガーは不思議な組み合わせじゃがな。まぁ美味いからいいじゃろ。

「なぁアサオさん。なんで野営でそんな料理が出てくるんだ？」

申し訳なさそうに声をかけてくるジルク。

「作ったからのぅ。見てたじゃろ？」

「いやうん、見てたけどな。すんげぇ美味そうでな……」

物欲しそうにテリヤキバーガーを目で追うジルクに根負けして、思わず声をかけてしまったわい。

「美味いぞ？　食べるか？」

「いいのか！」

きらきらした目で見つめてくるんじゃない。

「お前さんにだけ分けるのは具合が悪かろう？　これからまた作って皆で食べればいいじゃろ」

ジルクの後ろを指差すと、隊員が全員こちらを見ていた。振り返ったジルクはバツが悪そうに頭をかいてから指示を出す。

「再度調理をしてくれ。作り方はアサオさんに聞いて、その指示通りで」

「「はい」」

美味い食事の為なら多少の労力は惜しまないもんじゃな。

キノコ、山菜、野草を分けてやり、調理手順を説明する。醤油の実、蜂蜜も渡し、マヨネーズも出す。

「この近くに生えてるキノコ、山菜、野草じゃから見たことあるじゃろ？　余裕があるなら野営前に採取しとくと楽じゃよ。アイテムボックスがなくても現地で採れば、使えるんじゃからな。まぁ見慣れないモノや毒には気を付けんとダメじゃがな」

「そうですね。肉と同じで現地調達すればいいんでした。野菜類は持参するだけだと考えてました」

調理担当は恥ずかしそうに笑みを浮かべる。

「野菜などより調味料を持ち歩くほうが便利じゃよ。塩は持ち歩いとるじゃろ？」

「そうですね。ただこの木の実は初めて見ました」

醤油の実を不思議そうに見る隊員。

「スールの街までの間にある村で見つけたんじゃよ」

「アサオさんが盗賊を退治した村のことか？」

調理をじっと観察していたジルクが、思い出したように声を出す。

「そうじゃ。あの村で捨てられてたのがこの実だったんじゃ」

「いい匂いだなぁ。これはフォスでも流行るんじゃないか？」

深呼吸するように、鼻からいっぱい匂いを吸い込んだジルクは涎をぬぐう。村ではその匂いで敬遠されてたんじゃがな。まぁ火が入るとまた違うからの。

「フォスで使ってるのはベルグ亭くらいじゃろ。あそこには世話になっとるから、いろいろ教えたんじゃ」

「美味しいのいっぱいあるよ」

「ならベルグ亭に行けば食べられるのか？」

ルーチェの言葉に素早く反応するジルク。

「全く同じモノとはいかんがの」

ルーチェもベルグ亭の味の虜じゃからな。研究段階のモノもまだまだあるしのぅ。

そうこうするうちに料理は出来上がり、隊員に配られて全員が食べ始める。

そこかしこで「うまい」と声が上がり笑顔がこぼれる。

「美味い飯を食って明日に備える。これが一番大事なんじゃよ」

「これは野営の食事も見直さなきゃだな。やることがどんどん増えてくな」

笑顔でそうこぼすジルク。ビアルデも横で頷いていた。

翌日以降も数日同じことの繰り返しだった。昼間に狩りをして、夜は美味い食事で腹を満たす。

こうして実地訓練は終わった。

フォスの街にいるのもあと数日。そろそろ次の街の目星くらいは付けるかの。

《 41　街を出る前に 》

次に行く街をどこにするか決めるにも情報がないのぅ。マップを広域にして見てみれば、北にある街が近そうじゃがな。

とりあえず商業ギルドに顔出して聞いてみるかの。

ベルグ亭での朝食を済ませ、一服した後に商業ギルドへ向かう。ルーチェを連れて顔を出すのはまだ数度目じゃ。

ギルドに入り、いつもの嬢ちゃんに挨拶。

執務室へ通される前に少しだけ情報収集しておくかのぅ。

「おはようさん。そろそろ次の街に行こうかと思うんじゃが、どこか良い所はないかの？」

「どんな所に行きたいかによりますからねぇ」

少し悩み顔の嬢ちゃん。即座にルーチェが答える。

「見たことない面白いモノがいっぱいある所がいいな」

「あ、それなら海や湖が近くにある街がいいかもしれないですね」

嬢ちゃんは何かを思いついたようで、ルーチェへと笑顔で答えてくれた。

「この近くにあるんか？」

「湖なら北に。海なら南東ですね」

マップを見ながら嬢ちゃんが言ったことを確認。広域にすると、確かに湖も海もあるのう。

「じいじ、湖ってなに？　あと海ってなに？」

「湖は大きな水たまりじゃな。海は塩水がでっかい水たまりになったもんじゃ」

「でっかいの？」

「そうじゃな、北にある湖がどのくらいか分からんが、街一つ入るくらいのもあるぞ。海はそれこそ果てが見えんくらいでっかいからの」

「見たい！」

これは行き先が決まったかの。

「マスター、アサオさんがいらっしゃいました」

丁度執務室へ着き、扉をノック。

「どうぞ」

　通された室内では、いつもと変わらずアディエが書類仕事をしていた。ギルマス自ら現場に赴く機会が少ないのは安泰な証拠じゃろ。

　案内を済ませた嬢ちゃんは受付へと戻る。

「おはようございます」

「ルーチェさん、おはようございます。アサオさんもおはようございます」

「おはようさん」

「今日はどうなさいました？」

「そろそろ次の街に行こうかと思ってな。その挨拶と情報収集じゃよ」

　挨拶もそこそこに本題に移る。

「どこに行くか決まっているのですか？」

「今しがた嬢ちゃんから聞いた、湖か海に行こうかと思っとるんじゃ」

「イレカン湖とレーカス海岸ですね」

「アディエさん、どっちのほうが面白いモノ多いの？」

　キラキラした目でストレートな質問をぶつけるルーチェ。

「見られる物の数だけなら港が近くにある分レーカスなんでしょうが、湖には固有種などが多いですからね。それに山や森などはどちらの近くにもありますので、これればかりは好みになると思いますよ」

子供の質問にも分かりやすく答えてくれるのぅ。

「ただレーカスまでは、馬車でもひと月はかかります。そのことを考えると、徒歩でも半月あれば着くイレカン湖のほうが良いかもしれません」

「イレカンまでは徒歩で旅して、その後レーカスに行くなら馬車を使う回数が減って安上がりじゃからな」

「その通りです。ここからレーカスまで馬車で行くと、その後、イレカンに行く為、また馬車を使うことになります。移動に無駄なお金を払いたくないですからね」

根っからの商人なんじゃな。無駄な経費ほど払いたくないものはないからの。そんな無駄遣いするなら、仕入れや人件費などに回したいもんじゃからな。

アディエとそんな話をしている間、ルーチェはまだ見ぬ湖を思い浮かべたようで、「ひゃあ」やら「おぉ！」やら声を上げ、百面相(ひゃくめんそう)をしておった。これは湖に行くのに決定でいいじゃろ。

「おぉそうじゃ。屋台などの移動販売をするのに何か必要な資格や書類はあるかの？」

「ギルドの登録さえしてあれば大丈夫ですよ。お店を構えるのですか？」

「そろそろ茶やコーヒーの移動販売でもやろうかと思ってな」

「紅茶やコーヒーですと高価になりませんか？」

「儂が仕入れたモノを安く提供するんじゃよ。競合店には悪いがの」

「より品質の高いモノが安く出回るとなると確かに大変でしょう。アサオさんが扱う紅茶などの質を考えると、経営努力や品質向上を怠った結果だけとも言えませんが……独自の仕入れなどをしているアサオさんに文句を言うのは、筋違いですからね」

その辺りの割り切り具合が、彼女がギルマスの職に就いてる所以なんじゃろな。

「まぁ店をやるにしても次の街からじゃ。この街まではさしたる影響も出んじゃろ」

「商人の繋がり、市民の噂、どちらも過小評価できないんですよ」

苦笑いのアディエ。販売戦略の上でも市民の動向は気になるもんじゃからな。

同じ額が売れたとしても、貴族がドカッと買うのと市民が大勢で買うのとでは意味が変わるからの。

「良ければ紹介状を出しますが、どうしますか？　あれば何かと便利だと思いますよ？」

「なら頼めるかの？　礼は……」

「いりません。いえ貰えませんよ。アサオさんにどれだけの恩義があると思ってるんですか。新たな木工技術に料理、樹液の利用までですよ？」

アディエは指折り数えて笑みを浮かべて見せる。そんな大層なこととしとらんのじゃが。欲しいモノを頼んだり、自分でやったりしてただけなんじゃよ。

「なんか悪いのぅ」

「このくらいしかできないんですから」

そう言いながらアディエは書をしたためていく。

「レーカスとイレカンの商業ギルドマスターとは旧知の仲なので、きっと役立つと思いますよ」

封をした書を笑顔で渡される。

「あと数日はおるから何かあれば言ってくれ。できるだけ力になるからの。まぁこんな爺にできることなんてタカが知れとるがの」

そう伝えて執務室を出る。

これから数日間は挨拶回りと旅に向けての準備じゃな。準備と言ってもいろいろ買うくらいじゃがな。特に料理関係を。

この後はルーチェと二人、商店街で美味しかったモノを大量に買いまくるのじゃった。

《42　挨拶まわり　》

生鮮食品、料理、消耗品の買い出しも昨日終えた。まとめる荷物も特になし。【無限収納】につっこむだけじゃからな。

世話になった店や人に挨拶して回れば、あとは街を出るだけじゃ。ベルグ亭の一家にも昨夜その旨を話してある。かなり長い期間常宿にしてたこともあり、寂しそうにしておった。子供たちもルーチェと仲良くなっとったからの。

おぉそうじゃ。宿の主人によると、一緒に作ったり教えたりした料理がそろそろ完成するみたいじゃ。どれも難しいモノではなかったんじゃが、味のバランスなどに苦労したそうでな。儂の好みのままじゃとこっちの人とは多少ズレがあるからの。

ただ、オリジナルとしての味もしっかり覚えた上での改良なので大変だったようじゃ。にこにこしながらそんな苦労話をするんじゃから、根っからの料理人なんじゃろな。


一人でポニアの工房へ顔を出すと、依頼した茶筒もかなりの数が仕上がっておった。曲げわっぱ方式だと今まで以上に量産できると喜んでおったわい。

街を出ることを伝えたので、今作りかけの分までの仕上げを頼み、残りの木材はポニアに任せた。

「で、アサオさん。あの塗料が何なのかも教えてくれるんでしょ？」

忘れとらんか。まだ改良もしてないんじゃが仕方ないのぅ。

「ダンジョン産のかぶれる樹液を濃くしたものが正体じゃよ。商業ギルドで一括管理するかもしれんから、そっちに相談してみてくれんか？　手持ちをいくらか譲(ゆず)るくらいならできるがの」

「それオリジナルじゃない！　いいの？　そんな貴重なモノ貰っちゃって」

「儂が使う分は渡せんがの。まだ沢山あるからきっと平気じゃよ」

実際、【無限収納（インベントリ）】に大量の在庫があるからの。

「どんな風に塗るのかも知りたいから教えてね」

「刷毛で失敗したから布で伸ばしながら塗っただけじゃ」

「それだけ？」

「それだけじゃ。あとは塗料が乾くのを待って何度も塗るだけじゃよ。あぁ、乾かすといっても乾燥させちゃいかんぞ。温度と湿度が大事みたいでな。それを一定に保てる場所の確保が重要じゃ」

《乾燥（シーズン）》だけだと乾かなかった経験があるからのぅ。

「それって魔法でもいいの？」

「《乾燥（シーズン）》じゃなく《加熱（ヒート）》でならいけたぞ。じんわり温める方法を試してみたんじゃ」

「生活魔法を使える人は多いからね。何人か当たってみるのいいかも」

「無理せんようにな。あと、かぶれる心配があるからそこも注意じゃぞ」

「分かってるって」

算段しながらも笑顔のポニア。工房長の名は伊達（だて）ではないんじゃな。腕の良い職人であると同時に店主もやらなきゃならんからの。

「おおそうじゃ。ポニアの道具はどこで仕入れとるんじゃ？　自作ではないじゃろ？」

「刃物職人から買ってるけど、なんで？」

「カンナが欲しくての。少し改良して調理器具にするつもりなんじゃ」

「木工道具を調理器具に？　変なこと考えるわねぇ」

変なことと言う割には、ポニアは面白そうなモノを見る表情になってる。

まぁそんなこと考えるヤツはおらんじゃろ。儂は似たようなモノを見たことがあるから、それを再現するだけなんじゃが。

「紹介料代わりに樹液を譲るってことでいいかの？　ちなみにその樹液はウルシって呼ぶんじゃ」

「お金払うわよ。紹介料なんていらないし」

「そうもいかん。商人がタダほど怖がるモノはないのは分かるじゃろ？」

「あぁそうね。あとでなに求められるか分かったもんじゃないわね」

ポニアも覚えがあるんじゃな。

「そういうことじゃ。次来た時に残りの茶筒を引き取るからの。支払いもその時にするから頼んだのじゃ」

「あいよ。んじゃ待ってるからね」

樹液を渡して工房をあとにする。

そのまま紹介された刃物職人の所でカンナを購入。スライサーとまではいかなくとも、鰹節削りくらいにはしたいのぅ。受け皿の代わりに深めの木皿を改良して、カンナが外れないようにすれば簡易版の鰹節削りになるからの。ほぞと言うか溝を付けてはめ込み式にすれば危なくもないじゃろ。

一枚刃の角度、厚さ、持ち手の滑りにくさなどを鑑みると、スライサーはやはり難しいからのぅ。本当はピーラーが作りたいんじゃが、あれこそ無理じゃ。

宿屋に戻って実験じゃな。自分で使ってからでなくちゃ渡せないからの。

《 43 ポテチの誘惑 》

ベルグ亭での調理も成功したので、今日はニーナの下へ。指が戻ったとはいえリハビリみたいなものは必要じゃろ。詰め所にいるジルクにひと言告げてから邸宅へ向かう。

「こんにちは。アサオじゃがニーナはおるかの？」

玄関扉をノックして声をかける。

ジルクに聞いてきたからいるのは知っとるんじゃがな。それでもいきなり戸を開けて入るわけにはいかんじゃろ。ゲームなら問答無用で入ってタンスや壺を漁るかもしれんがの。

「アサオさん、ルーチェちゃん、いらっしゃいませ。ニーナは今部屋にいますよ。呼んできますので少々お待ちください」

通された広間で待つこと少々、ニーナが笑顔で現れる。そのまま飛びかからんばかりの勢いでルーチェに抱きつく。微動だにせず受け止めるルーチェ。この辺りもステータスによるのかの。もしくはスライムだから衝撃吸収でもしとるんか？

「おじちゃん、ルーチェちゃん、こんにちは！」

「こんにちは。元気そうじゃな。手はもう痛くないか？」

「うん！　ぜんぜん痛くない！」

ルーチェに抱きつきながら、ニーナは掌をグーパーとしながら見せてくる。問題はなさそうじゃな。

「お茶とお菓子があるんじゃが食べるかの？」

「「食べるー」」

お子様二人が異口同音に言葉を発する。満面の笑みで。

「お客様に用意させるなんていけません」

「いいんじゃよ。儂が出したいだけなんじゃから」

エリーを手で制してお菓子を取り出す。

「それとこの後のことがあるから、少し手伝ってくれんか？」

小声でエリーにだけ話しかけ、了承を得る。

「こっちの茶色がかりんとう。で、この薄いのは今朝作ったばかりのポテチじゃ」

「わぁ、かりんとうだ。美味しいよねこれ」

「かりんとう？　ぽてち？」

見たことない食べ物に興味津々のエリーとニーナ。

「飲み物も緑茶、紅茶、コーヒー、果実水があるが、どれが飲みたいかの？」

「私は緑茶かな」

緑茶を選ぶ五歳児。渋いのぅ。

「果実水がいいなー」

「私はコーヒーをお願いしていいですか？」

エリーは遠慮しながらもコーヒーを頼む。

それぞれの前に飲み物を出して一服。儂はもちろん緑茶じゃ。

「これ、甘塩っぱくて美味しいですね。コーヒーの苦みとも合います」

「私はこっちのしょっぱいパリパリが好き！」

「かりんとうには緑茶が一番だよ」

かりんとうを口に含みながら笑顔のエリーと、ポテチを食べ続けるニーナ。

頷きながら緑茶をすする五歳児ルーチェ。

「エリーのおかわりは緑茶にしてみるかの。コーヒーの苦みとは違って緑茶はさっぱりするんじゃよー

「ありがとうございます。でもこのコーヒーも今まで飲んだものと全然味が違うんですが。もちろん香りも」

「儂が仕入れておる特別品じゃ」

「これを譲っていただくことはできますか？」

「ギルドにも卸しとるから平気じゃよ」

　エリーもひと口で気に入ったんじゃな。あとであげようかの。

「おじちゃん、このぽてちって何で出来てるの？」

「それは芋を薄く切って揚げただけじゃよ。ニーナが作れる料理じゃな」

「ほんとに？　私にできるの？」

「あぁ、お母さんと一緒にやれば危なくないからの」

　優しく語りかけると、ニーナは輝く瞳で反応を示す。

「アサオさん、あげる、とはどんな調理方法ですか？」

「多めの油で煮る感じかの」

　揚げものはやはり知らないんじゃな。

「ニーナ、早速やってみるか？」

「やる！　ルーチェちゃんも一緒にね？」

「ん？　いいよー。一緒にやろー」

「なら厨房にいきましょうか」

皆で立ち上がり、エリーのあとについていく。ふと気になったことを質問してみる。

「厨房に他人が入っても平気なのかの？」

「知らない方でしたらお断りですが、アサオさんでしたら構いません」

他人が台所に入るのが嫌なのはどこも変わらんようじゃ。

「まずはしっかり手を洗うんじゃ。汚い手で触ったら料理がダメになってしまうからの」

「「はーい」」

お子様が手を洗っておる間に、器具と食材の準備。

とはいっても出すモノは芋、塩、油くらいなんじゃ。

フライパンをエリーに出してもらえば準備完了。

「芋を洗って薄く切るんじゃ」

「「はーい」」

「アサオさん、皮はどうしますか？」

「そこは好みじゃな。今日はそのままでやろうかの」

洗い終えた芋の水気を拭く。滑るとあぶないからの。

「薄く切るのはこれを使えば早くて安全じゃ」

そう言いながら儂が取り出したのは簡易版鰹節削り。

「これはカンナですか？」

「そうじゃ。それを少しだけ改良したんじゃよ。ほれこの通り、薄くて綺麗に切れるじゃろ？」

言いながら実演する。受け皿には厚さ2ミリあるかどうかの芋が落ちる。

「「おぉぉぉぉ。薄いのがいっぱい」」

お子様は感動の眼差しで覗きこむ。

「手のひらで押さえながらやれば指を切る心配がないんじゃ。これをニーナとルーチェにやってもらおうかの」

「「はーい」」

一人が削り器本体を押さえてもう一人が芋を切る。順番にかわりばんこでにこやかに作業する二人。

「小さくなった芋はこっちに置くんじゃぞ」

「「はーい」」

どんどん薄切りにされる芋。厚さ1センチほどになった残りは危ないから、儂が使おうかの。

「これを油で揚げるんじゃが、水気をとらないと油が跳ねるからの。ここはエリーにやってもらうといいじゃろ」

「そうですね。やけども心配ですから私がやります」

芋同士が重ならないように注意しながらかき混ぜつつ揚げる。全体がきつね色になるのが揚げ上がりの目安となる。油を切って、ボウルや鍋に入れて塩をまぶしたら完成じゃ。

「こんな感じで頼めるかの？」

「大丈夫だと思います」

エリーに任せて儂は別の作業じゃ。

薄切りにした残りの芋を細長く切って水にさらす。水気を切って小麦粉を薄くまぶし、こちらも揚げる。簡単フライドポテトじゃな。

マヨネーズを添えればいい感じじゃ。スパイスがいろいろ手に入ったらケチャップを作ってもいいかもしれんな。

「さっきのも美味しかったけど、これはもっと美味しい！」

つまみ食（ぐ）いしたニーナが感動しとる。笑顔の娘が可愛いからなのかエリーは特に咎（とが）めんのう。

「ルーチェも味見したらどうじゃ？」

うずうずしてたルーチェの顔がぱあっと華（はな）やぐ。

「いいの？」

「味見じゃよ。味見」

料理する人間の特権じゃからな。よくよく見ればエリーももぐもぐしとるの。

「簡単なのに美味しいじゃろ？　これを出せばジルクも喜ぶぞ」

「うん。私もお手伝いする」

「ええ。お願いね」

ニーナの頭を優しく撫でるエリー。

お手伝いがリハビリになれば万々歳じゃな。何が原因で指を落としたか分からんが、この笑顔なら大丈夫そうじゃ。


スライサーとコーヒーを餞別代わりに渡して、ジルク邸をあとにする。

「コーヒー代です」

と頑なに金貨を渡してくるエリーには困ったがの。別口でジルクからお代を受け取っていると言って、なんとか納得してくれたから良かった。

軽い足取りでルーチェと二人、宿に戻るのじゃった。

《44　疑問解決》

翌日。

「街を出るから、一応イスリールたちに報告しとかんとな」

「そだね。ルミナリスさんにもお世話になったからね」

ルーチェとそんな会話をしながら神殿へ向かう。朝食と一服を済ませてからののんびり行動じゃ。

神殿に入り、いつものように正面立像の前へ行く。周囲の音が消えて白い空間に移るのにも慣れてきたのぅ。

「おはようございますセイタロウさん、ルーチェ」

「おはようさん」

「おはようございます」

お辞儀付きで挨拶するルーチェ。

「挨拶もちゃんとできるようになりましたね。セイタロウさん、いろいろありがとうございます」

ルーチェに笑顔を向けたかと思えば、こちらに頭を下げるイスリール。

「その辺りは教えとらんよ。知識とのすり合わせでできたんじゃろ」

「挨拶の大切さは、知識と経験の両方から来るものですよ」

「じいじのやってるの見て覚えた」

そんなもんかのぅ。

「今日はどうされましたか？」

「おぉそうじゃ。そろそろ湖でも見に行こうかと思っての。その挨拶じゃ」

「大きい水たまりなんだって」

むふーっと鼻息荒く説明するルーチェは可愛いのぅ。

「あと、この街でも新しい技術や料理を教えたから、その辺りの報告もじゃな」

「木工技術にしろ料理にしろ、ありがたいです。妙なことにならないように見守りますね」

「そうしてもらえると助かるのぅ。一応街の人間で対処できると思うんじゃがな」

ジルクに話は通してあるからの。それに警備隊員も料理の大切さを理解したじゃろうから、ベルグ亭は安心じゃろ。ポニアの所はアディエが手を回すハズじゃから多分平気じゃな。

「それと一つ聞きたいんじゃ」

「なんでしょう？」

「木材ダンジョンのボスが儂の時だけ違ったのはどうしてじゃ？　ドロップ品もかなり良かったみたいなんじゃが」

「特殊な条件をクリアするとボスが変わる仕様みたいです。ダンジョン担当の配下からそう聞いてます」

「配下……イスリールの下の神様が直々に設定しとるんか？」

「そうなります。ただかなり特殊なので、そう滅多に起こらないはずなんです。まぁセイタロウさんなら起こり得る現象です」

イスリールはにこやかにそう話す。いやそんな特殊な条件を初見ではフツー無理じゃろ。

「じいじは強いからね」

うんうん頷くルーチェは可愛いが、今強さは関係ないんじゃ。

「ほとんどのダンジョンは探索人数、ボス部屋到達までの時間、一定以上の魔物撃破数が条件だったハズです」

あ、強さ関係あったみたいじゃ。

「ただ無理に狙わなくてもいいと思いますよ。公表されてる情報ではありませんから」

「まぁ普通に攻略して、遭遇できたら運が良かった、くらいの心構えでやるかの」

「面白そうだからやってみようね、じいじ」

チャレンジャーじゃな、この孫娘は。

「無理はせず『いのちだいじに』ですからね」

イスリールが娘を諭す親みたいじゃ。

「ダンジョンはそこら辺にぽこぽこあるもんじゃないじゃろ」

「一応セイタロウさんのマップには、全部のダンジョン載せてますけどね」

ぼそっと大事な情報を告げるイスリール。

「行けるね！　じいじ」

満面の笑みを浮かべるルーチェ。

「まぁそのうちじゃな」

頻繁に行くような場所でもないからの。近場にある時に観光がてら寄ればいいじゃろ。そのくらいが丁度いいはずじゃ。

「また何かあったら来るぞい」

「ええ。旅の無事を祈ります。お気を付けて」

「ばいばい」

会話が終わると周囲の音と景色が戻ってくる。

ルミナリスにも挨拶をして神殿をあとにする。ルーチェの件もあるので、他の街の神殿にも連絡してくれるそうじゃ。

「何かあれば全力で当たらせていただきます」

と力強く告げられたが、まぁ味方がいるのは心強いからいいじゃろ。

商業、冒険者の両ギルドに顔を出し、残る挨拶も済ませる。

あとはポニアからの買い付けで終わりじゃな。それもあと二、三日でいけるしの。

「フォスを出るまでの食べ歩きもそろそろ終わりじゃな」

「そだねー。でもそれまではも少し楽しもうね、じいじ」

ルーチェとのんびり歩きながら、そんな会話をするのじゃった。

《45 目指すは北の街》

フォスの街を出る当日。

何だかんだと世話になったベルグ亭の朝食もこれで食べ納めじゃな。次に寄る時もここを常宿にしたいもんじゃ。

「長いこと世話になったのぅ。助かったのじゃ」

「いえ、こちらこそいろいろお世話になりました。教わった料理を大事に作っていきます」

深々と頭を下げる主人。

「この子たちも可愛がってもらっちゃいましたね。ありがとうございました」

お子様二人の頭を撫でながら柔らかな笑みを浮かべるおかみさん。

「料理はじゃんじゃん作って広めてほしいんじゃよ」

「そだよ、美味しいモノは皆で食べないとね」

「「うん」」

笑顔のお子様たちに言い切られたら断れんじゃろ。

「そうですね、分かりました。たくさん作れるように頑張ります」

「じゃあまたの」

「またフォスに来たらぜひ寄ってください。皆で歓迎しますから」

「その時はまた世話になろうかのぅ」

次回来る時の為に教えられる料理を増やしておくかの。とは言っても儂が食べたくて、食材のあるものを頼むだけなんじゃがな。


のんびり朝食を済ませてから宿を引き払う。

かりんとう、てりやきラビサンドを手土産にもらってほくほくじゃ。近々販売開始するそうじゃからな。塩味ばかりの料理に風穴を開けてくれるじゃろ。

その後、昼前にポニアの工房で残りの茶筒を代金と交換。手持ちのウルシも追加で渡せば、挨拶もそこそこに工房内に引っ込むポニア。すぐに戻ってきたと思えば、その手には漆塗(うるしぬ)りの大皿があった。

「まだまだアサオさんの皿には遠く及ばないのよ」

ポニアは苦い顔をして皿を見つめる。

「ならこれを預けておくのじゃ」

実験で作った大皿を取り出し、ポニアに手渡す。

「これより良いモノが次来た時に見られるんじゃろ？」

発破（はっぱ）をかけるつもりでわざとらしく挑発してみる。

「やったろうじゃないの。次がいつか分からないけど、絶対に認めさせてあげるからね」

笑顔になるポニア。意図は伝わったみたいじゃな。

「それまでの宿題じゃな。楽しみにしとくぞ？」

「ぜったいギャフンと言わせてやる！」

その負けん気があれば大丈夫じゃろ。工房をあとにし、街の中心部へ足を運ぶ。

商業ギルド、冒険者ギルドにさくっと挨拶を済ませて北門へ。

アディエ、ゴルド、ジルク、エリー、ニーナ、ベルグ亭のおかみさん、お子様……と見知った面々がそこにおった。

「わざわざ見送りするほどのことでもないじゃろ」

「アサオさん、お元気で。次に立ち寄る時もまた良い取引をお願いします」

最後まで商人なアディエ。

「無茶はしないでほどほどにな」

ストップ安まで下がった評価をぐんっと取り戻したゴルド。

「ありがとう。約束は必ず守る」

ジルクと交わした警備の約束は万全のようじゃ。

「ありがとうございました。お元気で」

「ルーチェちゃん、おじちゃんまたね」

指と明るさを取り戻したエリーとニーナ。

「お世話になりました。またいらしてください」

「「ばいばい」」

気のいいベルグ亭一家。

「そのうちふらっと顔を出すと思うからの。それまで元気にしとるんじゃぞ。では行ってくるのじゃ」

「ばいばーい。またねー」

皆に見送られながら、街をあとにする。最初の街での嫌な記憶は彼方(かなた)へ飛び、素敵な思い出だけが残っておった。

「イレカンまでものんびり楽しもうかの」

「そだね。じいじと二人で何しよっか」

まだ旅は始まったばかり。何を見て何を感じるのか。期待に胸を膨らませ、儂ら二人は足取りも軽いのじゃった。

あとがき

初めまして、作者の蛍石です。文庫版『じい様が行く1』はいかがでしたでしょうか？

読者の皆様に、楽しんでもらえたならば幸いです。

本作を書き始めた頃は、こんなに長い間この物語を続けられるとは思ってもいませんでした。このように単行本として書籍化するだけでなく、文庫版まで刊行されることになろうとは……実に感慨深いです。

振り返ると、そもそも私が書き始めたのは、

「最近のライトノベルの中で、じいちゃんばあちゃんが活躍する作品って少ないな」

という印象を抱いていたことがきっかけでした。そのため、頭の中に描いていた自分のアイディアが実際に本という形になって世の中に出ることになり、とても吃驚しています。

主人公であるセイタロウさんの異世界転移から、なんやかんや紆余曲折を経て、孫まで出来てしまう――

物語を短くまとめると訳が分かりませんが、それでも、セイタロウさんはそこにいます。

生活も冒険も確かに彼の傍にあって、とにもかくにも思うがままに、セイタロウさんは生

きているんです。

そうそう話は少し変わりますが、この作品を連載している時に、

「腹が減るし、食べたくなる。なんなら作りたくなる」

というような感想を多くの方々からいただきました。

皆様はどうでしたか？　私自身は執筆中も、改めて読み返した際も、腹が鳴りました。

……何度も。ええ、何度もです。

本書に載っていた料理のメニューを、何処かで買ってくるも良し。あるいは試しに自分で作ってみるもよし。はたまた誰かに作ってもらうのもいいかもしれません。

ただし、セイタロウさんの料理は、あくまでも庶民が普段から食べられる何気ない一品。そんなものばかりではありますが――

さて、台所の一角からお送りしてきたこのあとがきも、あと少し。家族友人に見守られ、いろいろ食べられつつ続きます。ええ、物語も続いていくのです。

つまりは、腹減りタイムも継続ですよ。皆さんお覚悟を！

そんなこんなで、この場を終えましょう。

湯気を噴くやかんが、私を待っていますから。

二〇二一年十二月　蛍石

大ヒット 異世界×自衛隊ファンタジー

ゲート SEASON 2 1〜5

自衛隊 彼の海にて、斯く戦えり

GATE SEASON 2

柳内たくみ 著 Yanai Takumi

1〜5巻 好評発売中！

●各定価：1870円（10％税込）
●Illustration：Daisuke Izuka

文庫1〜3巻（各上・下）大好評発売中！

●各定価：660円（10％税込） ●Illustration：黒獅子

ットで人気爆発作品が続々文庫化！

アルファライト文庫 大好評発売中!!

人でもモノでも、調べたステータスは自由自在に編集可能!!

元構造解析研究者の異世界冒険譚1

犬社護 *Inuya Mamoru*　　illustration ヨシモト

新料理や新技術を前世の知識と二つのユニークスキルで大発明!?

薬会社で構造解析研究者だった持薫は、魔法のある異世界ガーランド、公爵令嬢シャーロット・エルバランして生まれ変わった。転生の際、女様から『構造解析』と『構造編集』という二つの仕事にちなんだスキルをもらう。なにげなくもらったこの二つのスキルだが、想像以上にチートだった。ネットで大人気の異世界大改変ファンタジー、待望の文庫化!

文庫判　定価：671円（10%税込）　ISBN：978-4-434-29702-1

ットで人気爆発作品が続々文庫化！

アルファライト文庫 ALPHAPOLIS ライト 大好評発売中!!

便利スキル満載のスキルブック片手に
異世界の森をサバイブしてたら――

トンデモ拠点が
できちゃった!?

1～3巻 好評発売中！

異世界をスキルブックと
共に生きていく 1～3

大森万丈 *Banjou Omori* illustration SamuraiG

種族・経歴・不問の理想郷、出現――。
異世界の森で気ままな拠点暮らし!?

慮の死を遂げて異世界に転生させらたサラリーマン、佐藤健吾。気楽な二の人生を送れると思いきや……人離れた魔物の森でたった一人のハーなサバイバル生活が始まった。手元にあるのは一冊の『スキルブック』のみ。しかし、この本が優れ物で、ピンチな時に役立つスキルが満載だった――。役立ちスキル取り放題ファンタジー、待望の文庫化！

文庫判 各定価：671円（10％税込）

アルファライト文庫

この作品に対する皆様のご意見・ご感想をお待ちしております。

おハガキ・お手紙は以下の宛先にお送りください。

【宛先】

〒150-6008 東京都渋谷区恵比寿 4-20-3 恵比寿ｶﾞｰﾃﾞﾝﾌﾟﾚｲｽﾀﾜｰ 8F
(株) アルファポリス　書籍感想係

メールフォームでのご意見・ご感想は右のＱＲコードから、
あるいは以下のワードで検索をかけてください。

アルファポリス　書籍の感想

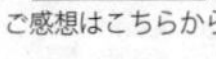

ご感想はこちらから

本書は、2018 年 2 月当社より単行本として
刊行されたものを文庫化したものです。

じい様が行く 1 『いのちだいじに』異世界ゆるり旅

蛍石（ほたるいし）

2021年 12月 31日初版発行

文庫編集－中野大樹／宮田可南子
編集長－太田鉄平
発行者－梶本雄介
発行所－株式会社アルファポリス
〒150-6008東京都渋谷区恵比寿4-20-3恵比寿ガーデンプレイスタワー8F
TEL 03-6277-1601（営業） 03-6277-1602（編集）
URL https://www.alphapolis.co.jp/
発売元－株式会社星雲社（共同出版社・流通責任出版社）
〒112-0005東京都文京区水道1-3-30
TEL 03-3868-3275
装丁・本文イラスト－NAJI柳田
装丁デザイン－ansyyqdesign
印刷－中央精版印刷株式会社

価格はカバーに表示されてあります。

落丁乱丁の場合はアルファポリスまでご連絡ください。

送料は小社負担でお取り替えします。


ISBN978-4-434-29701-4 C0193